# MULTIVERSO PULP
## Vol. 01
### ESPADA E FEITIÇARIA

Alec Silva
Lucas Viapiana Baptista
Tarcisio Lucas Hernandes Pereira
Jonatas Tosta Barbosa
Fernando Fiorin
Marina Mainardi
Rodrigo B. Scop
Roberto Fideli
João Ricardo Bittencourt
Duda Falcão (organizador)

AVEC
EDITORA

PORTO ALEGRE, RS
2020

Copyright © Alec Silva, Lucas Viapiana Baptista, Tarcisio Lucas Hernandes Pereira, Jonatas Tosta Barbosa, Fernando Fiorin, Marina Mainardi, Rodrigo B Scop, Roberto Fideli, João Ricardo Bittencourt e Duda Falcão.

Todos os direitos desta edição reservados à AVEC Editora
Nenhuma parte desta publicação poderá ser reproduzida, seja por meios mecânicos, eletrônicos ou em cópia reprográfica, sem autorização prévia da editora.

| | |
|---:|:---|
| Publisher | *Artur Vecchi* |
| Organização e edição | *Duda Falcão* |
| Ilustração da capa | *Fred Macêdo* |
| Colorização da capa | *Robson Albuquerque* |
| Projeto Gráfico e diagramação | *Luciana Minuzzi* |
| Revisão | *Camila Villalba* |
| Imagens | *British Library e Freepik* |
| Impressão | *Gráfica Odisséia* |

M 981

Multiverso pulp : espada e feitiçaria / organizado por Duda Falcão. – Porto Alegre: Avec, 2020. -- (Multiverso pulp; 1)
   Vários autores.
   ISBN 978-85-5447-061-6
   1.Ficção brasileira    2. Antologias    I. Falcão, Duda

CDD 869.93

Índice para catálogo sistemático:
1.Ficção : Literatura brasileira 869.93

1ª edição, 2020
Impresso no Brasil / Printed in Brazil

- Caixa postal 7501
  CEP 90430 - 970
  Porto Alegre - RS
- www.aveceditora.com.br
- contato@aveceditora.com.br
- @aveceditora

# Índice

**A Peônia** .................................................. 9
 *Alec Silva*
**Khamir, o Sem Rosto** ............................ 23
 *Lucas Viapiana Baptista*
**O Lorde Sombrio do Castelo
em Ruínas** ................................................ 37
 *Tarcisio Lucas Hernandes Pereira*
**A Última Luz** .......................................... 53
 *Jonatas Tosta Barbosa*
**A Caçada do Paladino** ......................... 73
 *Fernando Fiorin*
**A Bruxa** .................................................... 89
 *Marina Mainardi*
**A Enseada Abissal** ............................... 103
 *Rodrigo B. Scop*
**Considerações acerca de
Anathenus, a espada perdida** ........... 119
 *Roberto Fideli*
**Nas Ruínas de Ka'Drath** ..................... 135
 *João Ricardo Bittencourt*
**Guízer contra a aranha de
mil filhotes** ............................................. 145
 *Duda Falcão*

# A Peônia

## ALEC SILVA

— Mas é uma mulher, oras!

A multidão não acreditava no que testemunhava, e o espanto por ter sido uma mulher a assassina da criatura superava o assombro de, finalmente, o monstro que assolava a vila ter sido abatido.

— Mulheres não deveriam ser caçadoras! É contra as leis dos deuses!

Sob o capuz, um sorriso de zombaria brotou em lábios finos e ressecados.

— Como deixaram que ela viesse para cá fazer o trabalho de um homem? — vociferou um camponês que segurava um ancinho.

A caçadora virou-se para ele, a espada com a ponta para baixo, respingando o sangue da criatura recém-derrotada; o metal ainda ardia as chamas internas que a moviam, e um cheiro forte espalhava-se pelo campo, onde mais e mais pessoas chegavam para ver o resultado do embate entre a humana e o javali-montanhês.

— Se é trabalho de homem, por que você não o matou, Omari? — replicou uma velha desdentada, antes de gargalhar e ser imitada por outros camponeses próximos a ela.

— Ora, sua velha desgraçada! — bradou o homem, erguendo o ancinho e avançando na direção da idosa.

Ele não foi muito longe, pois a caçadora se moveu rápido e ficou entre os dois, encarando-o; os olhos negros e de brilho assassino assustaram o camponês, que largou o instrumento de trabalho e se afastou, sem olhar para trás.

— Onde está o chefe da vila? — perguntou ela, a voz soando sem emoção.

— Em sua casa, perto da floresta — respondeu alguém.

— Obrigada.

E se afastou da multidão ingrata e presa em preconceitos dogmáticos, enquanto limpava a espada com um pedaço velho de pano.

— Quem é ela? — soaram as perguntas, primeiro em murmúrios, depois em tons mais elevados, conforme a caçadora se distanciava.

— Nunca ouviu falar sobre uma das poucas caçadoras e guerreiras treinadas por Rognvaldr, o Cego? — espantou-se um vendedor de tecidos que passava pela região.

— Não.

— Nunca.

— Seu nome é Marja, e ela atende pela alcunha de Peônia.

— A flor?

— Sim, a flor.

— Por que alguém usaria o nome de uma flor?

— Algumas guerreiras escolhidas por Rognvaldr usam.

— Existem muitas delas? Nunca ouvi falar.

— Elas são poucas, pois nem todas conseguem sobreviver aos duros testes criados para os homens. Nunca foi pensado que mulheres, sendo tão frágeis, poderiam ter vocação para a caça de monstros. Rognvaldr, que sempre treinou guerreiros, viu que era boa ideia criar um grupo de caçadoras e as espalhou pelo mundo, tornando-as lendas entre os reinos, como as valquírias das histórias antigas do Norte.

O vendedor ajeitou a carroça, ciente de que não venderia nada ali, e prosseguiu com o que pretendia contar:

— Marja, até onde sei pelas coisas que ouvi, é exatamente o oposto das mulheres deste lado do mundo, que acham que há coisas que não devem ser feitas por mulheres. E por três características peculiares. A mais visível, e acho que só aquele pobre diabo que escapou da morte por pura sorte viu hoje, é seu rosto deformado por uma cicatriz que lhe cobre a testa, o olho direito, os lábios e parte do queixo — ele gesticulou para causar melhor efeito dramático, conseguindo exclamações de espanto e horror de mulheres e crianças. — Ninguém sabe como ela sobreviveu a um corte tão amplo e muito menos por que alguém faria aquilo numa criança, pois, a julgar o aspecto da cicatriz, está lá há uns vinte anos ou mais. A segunda característica, como notaram, é que ela é uma caçadora de monstros e também de malfeitores, um ofício que era para ser exclusivo dos homens, que transmitem mais confiança quanto ao sucesso das caçadas, sejam de homens e animais furiosos ou de bestas abomináveis; embora possua uma marca horrenda no rosto e seja uma figura errante, sempre pondo a vida em perigo, conserva trejeitos femininos, o que a torna péssima em disfarces e costuma dificultar trabalhos regulares nas cidades, onde o preconceito para com mulheres caçadoras e guerreiras é severo, limitando-a a vilas e pequenos feudos, onde o desespero faz qualquer um acreditar em qualquer maluco que alegar ser capaz de resolver um problema. E, por fim, ela é a primeira mulher a empunhar uma das espadas forjadas pelos deuses e dadas a combatentes dos antigos seres que saíram do abismo e quase extinguiram a raça humana; aquela espada, a que matou este imenso javali-montanhês — e indicou o animal morto a poucos metros de onde estava —, é poderosa, tem sangue de dragão, lágrimas de elfos que a confeccionaram e metal extraído dos céus...

— Mas não foram os deuses que a criaram? — interveio um garotinho que não deveria ter mais do que dez anos.

— Mas oras! Que moleque atrevido! Você acha que os deuses se sujeitariam à forja para criar espadas?

— Mas... "espadas forjadas pelos deuses", você disse.

— Sim.

— Mas também disse que foram os elfos, que até choraram.

O vendedor de tecidos encarou o menino por alguns segundos, como se pensasse melhor na resposta que daria.

— Os deuses deram o metal e disseram "Elfos, façam armas invencíveis!" — disse, por fim.

— E o sangue de dragão?

— O que tem?

— Onde eles acharam o dragão?

— Eram tempos antigos, moleque. Havia dragões por todos os lados, valquírias, seres abissais, criaturas aladas, quimeras... E eram deuses, e deuses podem tudo, até pegar partes de monstros e seres abissais e aprisionar em lâminas.

— E eles fizeram isso mesmo?! — assombrou-se uma camponesa jovem, cujo decote quase revelava mais do que as vestes deveriam esconder.

— O tempo todo. As espadas, lanças, armaduras... tudo com sangue e espíritos de criaturas. Para quê? Não sabemos, mas estão nessas armas, e isso as torna especiais e poderosas, destinadas a poucas pessoas, e Marja é uma dessas pessoas, embora seja uma mulher. Mas, se alguém se atenta a isso, de Marja empunhar uma espada divina, é capaz de ignorar seu sexo e a contratar para os serviços mais difíceis e que com toda a certeza matariam homens bem mais fortes do que ela.

— E por que alguém com uma arma tão importante se sujeitaria a trabalhos tão humilhantes? Ela poderia ser uma respeitada comandante de exército ou oferecer serviços a alto preço a reis, bastando dizer "Ei, esta espada é forjada com metal celestial, tem sangue de dragão e lágrimas de elfo nela, posso matar qualquer coisa!", não? — perguntou outro vendedor, que passava por ali sem esperança de vender os bolos e pães feitos pela esposa, o único sustento da família.

— Porque ela não é movida pelo orgulho ou pela vaidade. Ela é Marja, a Peônia, e não uma princesa mimada. E a Krov'drak, a Espada

Invicta, é sua única e leal companheira neste mundo.

— Que nome horrível para uma espada! — protestou o segundo vendedor, pegando uma fatia de bolo.

— É, é horrível mesmo!

— Muito horrível!

— Já eu acho que causa medo — defendeu uma garotinha, antes de ser puxada pela mãe, pois aquela não era uma discussão saudável para uma criança, sobretudo menina.

Ainda era manhã.

Quem não estava rodeando o imenso javali abatido, cuja presença na região havia causado prejuízos e algumas mortes humanas, estava cuidando dos afazeres da vila — que não eram muitos se comparados aos de outros locais, mas que conseguiam deixar os camponeses ocupados boa parte do tempo.

Marja atravessou um campo de trigo sob olhares espantados de algumas pessoas que cuidavam da plantação; não as cumprimentou e nem foi cumprimentada, e andou com cautela para não estragar nenhuma planta cultivada. Passando por alguns casebres, percebeu as mães apressando-se em chamar os filhos, que teriam se aproximado da guerreira-caçadora e fixado os olhinhos curiosos primeiro na espada que ela carregava na bainha presa à cintura e depois em sua face deformada — e provavelmente quase todos sairiam correndo, enquanto um ou outro ficaria, e apenas um faria a pergunta que as pessoas mais corajosas, ou idiotas, costumavam fazer.

— Como conseguiu essa cicatriz, moça?

Ela daria um sorriso sincero, pois era algo que trazia lembranças amargas e algum prazer.

— Um homem muito perverso fez isto — respondia a maioria das vezes, apontando a marca na face —, pois ele me considerava sua propriedade.

Marja era uma Peônia, uma mulher livre das

amarras da sociedade, insubordinada às leis de qualquer cidade ou país, vagando pelo mundo sempre oferecendo seus serviços e apenas honrando um código moral ditado por sua consciência. Sendo livre, não possuía pudores em condenar as hierarquias impostas desde o nascimento, em especial o domínio dos homens sobre todas as criaturas, enquanto noutras raças o feminino possuía grande importância.

— E doeu? — perguntavam as crianças, pois elas não tinham medo de perguntar nada.

— Muito.

Não era incomum as expressões de piedade surgirem, então ela se apressava em acrescentar:

— Mas as fadas cuidaram de mim. Dormi a maior parte do tempo e não senti tanta dor quando acordei, pois elas trataram o ferimento com ervas medicinais e me ensinaram a sempre limpá-lo com um poderoso unguento.

Isso bastava para desfazer parte do assombro. Por mais que alegasse não se importar com as vidas dos demais humanos, havia algo nas crianças — a quase ausência de malícias e preconceitos, talvez — que a fascinava e a fazia se comportar quanto às ações e escolhas de palavras.

A casa do chefe da vila — um tipo de gente que agia como um pequeno prefeito ou rei, dependendo do ego — era a maior de todas, quase como uma imitação rústica de alguma mansão de cidade pequena, e possuía muros altos, feitos com troncos de madeira unidos por tiras e arames grossos, cujas pontas não ofereceriam qualquer perigo a um bando de ladrões determinados, por exemplo. No portão, dois guardas de aparência risível a recepcionaram, armados com facões enferrujados e de fio recém amolado.

— Quem é você, forasteiro? — questionou o mais magro dos dois, que ostentava um bigode engordurado e migalhas de pão e carne assada em alguns fios dos pelos castanhos. — E o que quer com nosso chefe?

— Havia um javali-montanhês na região e há uma recompensa. Vim, matei o javali e agora pretendo sair com a recompensa — respondeu a caçadora, a voz soando firme.

— Ainda não nos respondeu seu nome — disse o outro, um sujeito robusto, talvez um antigo combatente que se acomodou por ali, oferecendo proteção a um homem com manias de grandeza.

Marja o analisou de maneira rápida: deveria ter quase cinquenta anos e havia um orgulho desmedido na face marcada por cicatrizes de diversos formatos e tamanhos.

— Não quero problemas, senhores — falou ela, por fim. — Apenas vim pegar o pagamento pela morte do javali, conforme era prometido pelos cartazes nas encruzilhadas e árvores pelo caminho e mensageiros com quem encontrei.

— Ninguém passa por nós sem revelar o nome... e o rosto — afirmou o homem magro.

— Vocês são meros camponeses. Não possuem a autoridade de qualquer prefeito, príncipe, rei ou nobre de linhagem azul para exercerem ofícios militares por aqui. Tampouco eu pretendo desembainhar minha espada para destruir facções e derramar sangue de pessoas tolas e egoístas hoje — disse a Peônia, exibindo sem discrição a espada sob a capa negra. — Então, para que eu possa ir logo embora e vocês possam usufruir da carne do animal que abati, sugiro apenas me deixarem acertar meu pagamento com seu chefe e esquecerem essa bobagem de ver meu rosto e saber meu nome. Se tiverem mesmo curiosidade, alguém lá atrás pode informá-los. Eu, contudo, não o farei.

Os dois guardas se entreolharam, indecisos. O robusto — com toda a certeza um soldado que desertou de alguma batalha e se refugiou ali — apertou o cabo do facão, estalando os dedos, e a encarou, embora o capuz ocultasse por completo o semblante da interlocutora.

— Você é muito insolente, rapaz! — vociferou, tocando o ombro direito de Marja.

— E você muito azarado, senhor.

Num movimento ligeiro demais para olhos pouco acostumados com o combate, ela se livrou do guarda e deu um passo para o lado esquerdo e dois passos para frente, ficando entre os dois camponeses; dois socos em cada um, um nas costelas, que fraturaram com a violência do impacto, e outro nos ombros, deslocando-os. Distraídos pela dor, a Peônia capturou com facilidade suas armas enferrujadas.

— Agradeçam aos deuses por eu não estar bêbada — disse ela, encostando as lâminas nas nucas dos dois.

Eles imediatamente caíram no chão enlameado, ambos contorcidos de dor, aos gritos. Gritaram tão alto que chamaram a atenção dos demais guardas, que já rumavam ao portão quando Marja, após atirar ao longe os facões, atravessou-o e pôde enxergar melhor a rústica mansão.

— Mas que demônios! — exclamou ela, com ar de decepção.

— O que está acontecendo aqui? — bradou um sujeito baixo e obeso, que deveria ser o líder dos outros seis homens que vinham em seu encalço.

— Eles não me deixaram passar. Tive que abrir passagem. Ficarão bem. Ossos deslocados podem ser consertados por qualquer curand...

— Retire o capuz e se apresente!

A caçadora não deu mais um passo. Não por medo, e sim porque precisava analisar os prováveis futuros oponentes.

Além do homem gordo, cuja espada estava embainhada, havia o ruivo atarracado como um anão, portando uma besta; dois jovens muito parecidos — irmãos, mas não gêmeos — seguravam desajeitadamente uma lança e uma maça; o careca com duas espadas em punho parecia habilidoso, assim como o bigodudo com uma fileira de adagas na cintura; e havia um homem de aparência irritada e temível, a quem Marja encarou de modo demorado.

— É uma mulher, chefe — comentou o ruivo, com escárnio.

— Jhof e Flaght apanharam de uma mulher?! — surpreendeu-se o homem gordo, num tom que não carregava a zombaria que cinco de seus companheiros compartilharam numa estrondosa gargalhada.

— Ela é uma Peônia — disse o sujeito que não era um guerreiro decadente a serviço de um megalomaníaco chefe de vila. — Derrotaria um exército se precisasse.

Sorrindo, ainda com o rosto oculto sob o capuz, a caçadora somente assentiu. Já sabia quem e o que era o único homem ali que merecia sua atenção no vindouro combate. O único que não deveria ser subestimado.

— Se ela matou o javali...
— Eu o matei — cortou Marja, com rispidez.

— Como ela matou o javali — corrigiu-se o líder do grupo, revelando ser quem deveria pagar pelo serviço executado —, lamento, Chafar, não podemos concluir nossa negociação, pois cabe a ela o pagamento.

Os olhos castanhos de Chafar faiscaram de ódio. A Peônia manteve-se firme, mas pressentiu a aproximação do perigo. O vento que chegava até ela fedia a magia movida por emoções e pensamentos ruins. Era o cheiro que antecedia a eventos violentos.

— Não há como voltar atrás na negociação, Nnuab — falou ele, avançando alguns passos e ficando diante do chefe da vila. — Eu vim de longe só para matar o javali e pegar as presas.

— Por mim, pode pegar o corpo todo, se quiser — interveio a caçadora. — O que me interessa é a recompensa prometida.

— Cale-se, sua insolente! — urrou Chafar, o olhar viperino desejoso por morte.

Se havia um erro que ninguém deveria cometer, era pedir para Marja se calar. E ela gostava de deixar bem claro que não aprovava essa ordem: com um movimento, a Krov'drak foi sacada e o dedo em riste, direcionado para seu rosto ainda encapuzado, estava no chão.

Ao notar que perdera o indicador, o mago ficou ainda mais furioso e, com um gesto brusco, evocou um encantamento que puxou as toras na direção de todos. Os sons de madeira lascando, fios de metal se quebrando e terra sendo movida apavoraram o chefe da vila e seus subordinados, que correram em direção à casa.

Arfando, a guerreira-caçadora retirou o capuz da cabeça, revelando cabelos negros e lisos e um semblante marcado por uma horrenda cicatriz e uma expressão de tédio. Pondo a espada à frente do corpo, firmou os pés do solo úmido e recitou com rapidez algumas palavras num estranho idioma. A lâmina avermelhou-se e incandesceu. O chão ao redor de Marja chiou, e uma fumaça branca subiu.

— Ela é uma bruxa! — gritou alguém quando se voltou para trás.

O mago continuava forçando a madeira para ir contra a caçadora, que agora realizava movimentos repetitivos com a Krov'drak, como se cortasse inimigos invisíveis, mantendo a atenção nas toras que, pouco a pouco, aproximavam-se.

Quando concluiu o ritual, ela encostou a ponta da espada na terra seca e sussurrou:

— Queimem.

Um fogo rubro, de dentro para fora, incendiou todos os troncos de árvores que serviam de cerca, reduzindo-os a brasa, que se espalhou ao redor. Uma fumaça cinzenta se ergueu, mas não era densa nem cheirava mal.

— Agora — disse ela, encarando o mago incrédulo —, você.

Chafar se desesperou. Bateu as mãos no corpo bem rápido e pronunciou uma proteção verbal, temendo que tivesse o mesmo destino que as toras.

— Achei que magos fossem mais espertos — falou Marja, esboçando um sorriso travesso. — Você não vai queimar.

— Ela é uma bruxa, Chafar! Mate-a! — vociferou o homem careca.

A caçadora segurou a gargalhada.

— Esse homem, meu caro, é pior do que um bruxo! — exclamou ela, direcionando a ponta da lâmina para o mago tomado pela ira e pela vergonha da humilhação. — Bruxos seguem códigos morais, fazem seus pactos e podem conviver com a sociedade humana! Um mago, por sua vez, deveria ser de moral superior, servo do conhecimento, e não um abusador de mulheres e crianças indefesas! Você me chama de bruxa por queimar madeira, mas o que pensa em relação a quem lança pragas em meninas para que fiquem mudas e nada falem de seus crimes hediondos?

Todos se entreolharam.

— Ela mente! — defendeu-se Chafar.

— Se eu minto, então ponhamos sua verdade à prova. Krov'drak será a juíza.

Com um movimento rude, Marja cravou a espada até metade da lâmina no chão.

— Estou desarmada, como podem ver — disse ela, recuando alguns passos e fitando todos os homens.

— Qualquer um pode remover a Krov'drak da terra. Ela não é uma arma para os dignos. Contudo, como juíza, se o que Chafar disse for mentira, ele não vai conseguir movê-la um centímetro.

— Está enfeitiçada! — protestou o mago.

— Claro que está. Ela é uma arma mágica. Se fosse comum, seu ferimento já o teria feito perder muito sangue.

O sangue de dragão contido na espada possibilitava causar mutilações cujos cortes eram cauterizados de imediato. A guerreira-caçadora apreciava isso em algumas missões, mas também sabia que não poderia abusar demais das cauterizações: assim como uma fera sanguinária, a lâmina invencível tinha sede de sangue, e quanto mais faminta ficava, mais difícil de controlar se tornava.

— Qualquer um pode remover, certo? — perguntou o sujeito atarracado.

— Sim.

— Sem truques?

— Apenas a prova da verdade. Como vocês não estão sendo julgados, conseguirão retirar da terra e colocá-la de novo. Chafar conseguirá fazer o mesmo se for inocente de minhas acusações.

— E quanto a você? — questionou Nnuab, incrédulo.

— Conseguirá remover a espada?

— Só depois que o mago tentar. Se eu estiver mentindo, terei as mãos queimadas — respondeu Marja, retirando as luvas de couro que usava.

— Já aconteceu alguma vez? — inquiriu um dos dois irmãos.

— Já — replicou ela, mostrando as palmas das mãos marcadas por cicatrizes que desenhavam as figuras do cabo da espada. — Uma vez só. Quando eu era criança e achei que poderia enganar a juíza.

— Sendo assim — falou o atarracado, pondo as mãos no cabo da Krov'drak —, vamos logo com isso, que ninguém aqui tem o dia todo pra ficar de conversa fiada, certo?

Ele não esperou aprovação ou reprovação. Apenas puxou a lâmina, retirando-a do chão sem qualquer dificuldade. Maravilhado com o feito, que pensou não ser tão fácil, e surpreso com a leveza da arma, examinou-a por alguns segundos, escutando aplausos moderados e exclamações de seus colegas de serviço.

— É uma bela espada, senhora Peônia! — elogiou, colocando-a de volta onde estava.

— Uma bela espada mesmo! Marja agradeceu com um sorriso.

— Sua vez, mago — falou ela, indicando a Krov'drak para Chafar.

Motivados pelo êxito do companheiro, os homens concordaram com a caçadora, mas ninguém ousou provocar o mago. Ser amaldiçoado ou morto por praticantes de magia e feitiçaria não era algo que alguém apreciaria.

— Tudo isso é besteira — criticou ele, encarando o chefe da vila.

— Eu preciso de minha espada, Chafar. Só posso conseguir isso se você tentar removê-la antes de mim.

— Então não pode pegar a Krov'drak?

Marja vislumbrou um sorriso brotar naquele rosto dissimulado.

— Não posso.
Ela estava preparada para o que viria. Uma esfera incandescente se formou entre a fumaça à sua esquerda e foi violentamente arremessada em sua direção. Com um salto para trás, escapou da investida e sacou uma adaga presa à cintura, jogando-a contra o mago, que se defendeu, criando uma barreira invisível que fez a arma ricochetear.

— Atire nela! — vociferou ele, mas o homem que portava a besta não obedeceu.

Chafar não teve tempo de se queixar da ausência de ajuda. A guerreira-caçadora já corria em sua direção com uma segunda adaga em punho. Ele conjurou algo pequeno, mas não teve tempo de usar. O primeiro corte foi profundo, acertando-o abaixo da axila esquerda; ela girou a lâmina e a cravou no abdome do mago, movendo-a para cima, abrindo um pequeno rasgo de onde fluiu grande quantidade de sangue.

Cara a cara, os olhos negros de Marja transmitiam apenas frieza e crueldade.

— Não sangraria como um animal de sacrifício se tivesse me deixado usar a Krov'drak — comentou ela, dando alguns passos para trás.

— Como... como ela fez isso?

Todos estavam abismados com a agilidade da caçadora. Não conheciam história alguma de qualquer pessoa, ainda mais uma mulher, que tivesse desviado de ataques mágicos e abatido um praticante de magia com tanta rapidez e facilidade.

Mas a Peônia não estava interessada no que as pessoas achavam ou deixavam de achar a seu respeito. Com movimentos ligeiros, perfurou os dois lados do corpo, garantindo que os pulmões falhassem em breve. A seguir, ofereceu apoio a Chafar, levando-o até a espada cravada na terra, onde o fez roçar as pontas dos dedos na extremidade do cabo, liberando a espada do julgamento.

Largou-o no chão e agarrou a Krov'drak, que pareceu vibrar.

— Sacie sua sede, amiga! — sussurrou, os lábios próximos ao metal celestial.

E a cravou no coração do mago, que nem tinha mais forças para se debater.

— Agora — falou ela, estendendo a mão para o chefe da vila —, a recompensa pelo javali que matei, por favor.

Nnuab não fez qualquer objeção. Ordenou que um de seus subordinados fosse buscar imediatamente o saquinho com as moedas de prata.

Quando recebeu o pagamento, a Peônia contou as moedas sob os olhares curiosos dos homens ainda admirados com seu feito. Fora do quadrado de brasas em que eles estavam, as pessoas da vila se aproximavam, atraídas pelo fogo e pela fumaça — e já comentavam sobre a morte do mago.

— Bem, não tenho mais nada a fazer por aqui — falou ela, jogando o saquinho cheio para o chefe da vila. — Use isso para pagar os estragos.

— Mas... não quer a recompensa?!

— Claro que não. Eu já tenho tudo o que preciso — respondeu Marja, apontando o corpo de Chafar. — O javali foi só para treinar.

Minutos depois, a guerreira-caçadora seguia pela estrada, capuz cobrindo o rosto; a espada ia no coldre preso à cintura, no lado direito; no esquerdo, um saco escuro contendo algo que lhe valeria muitas moedas de ouro: a cabeça de um mago cujos rastros ela seguia há quase um mês.

# Khamir, o Sem Rosto

## LUCAS VIAPIANA BAPTISTA

### I

O poente banhava as planícies de Frihirm de laranja-amarelado e toda a terra parecia ser feita de âmbar. Debaixo da velha oliveira, e agora quase morta, no topo da colina leste, Khamir contemplava a paisagem. Moscas banqueteavam na carne ferida de suas pernas e braços, mas ele não se importava em espantá-las ou refazer as bandagens. Estava cansado de estar cansado. Sua cabeça fazia o movimento pendular daqueles que estão prestes a atravessar o portal do sono. Uma, duas, três vezes. Então a garota apareceu.

Entre mechas encaracoladas de cabelo branco, um semblante sério e determinado e um par de olhos que brilhavam como se fossem dois pequenos sóis encaravam Khamir. O tamanho da menina não sugeria mais do que oito ou nove anos de idade.

— Khámir, nosso tempo é curto — disse ela, sem que seus lábios se movessem e num sotaque que parecia a mistura de todas as línguas do continente, mas que se fazia entender mesmo assim. — Além dessas planícies, ao sul, há a entrada de uma caverna. Ninguém além de mim e de meus escolhidos pode ver a porta, e, no entanto, alguém adentrou. Esse alguém matou minhas filhas e filhos e roubou algo precioso.

Encontre, Khámir, encontre e o farei completo novamente. — Visões de uma cidade grandiosa, construída em volta de um oásis, piscaram e estalaram na mente do andarilho.

Acordou de sobressalto. O tom azulado que o céu adquiria anunciava o início da manhã. As moscas foram embora; não aguentaram o frio noturno, o qual Khamir mal sentia. Se por costume ou pela natureza de sua condição, não sabia dizer. "Completo novamente". Bebeu as últimas gotas de água do cantil, passou a pedra de amolar algumas vezes naquilo que chamava de espada, montou Dama, sua égua, e partiu. Ele havia abandonado qualquer fé há muitos anos, tanto nos deuses, quanto na humanidade, mas era difícil de ignorar um sonho daqueles. De qualquer forma, estava sem dinheiro, sem trabalho, e Zinthu'na, a cidade-oásis, ficava a poucos dias de galope. Ele não se orgulhava do fato, mas havia passado boa parte de sua juventude lá e conhecia bem suas ruas labirínticas.

## II

— Duas moedas é um absurdo! Até a mais barata das mulheres aqui cobra no mínimo cinco por hora. Eu valho pelo menos vinte!

— Calma, amorzinho, já disse que pago o resto semana que vem...

— Então te recebo semana que vem.

— Não, não, não. Não é bem assim. — O homem sacudia a cabeça em sinal negativo e ria enquanto falava. — Você sabe com quem está falando? Eu sou Viko, filho do meio do conselheiro Adarum.

Passando pela ruela suja e empoeirada atrás de Viko, a mulher avistou um cavaleiro montado numa égua magricela. Trajava vestes de pano cinza, que se enrolavam por toda parte e misturavam-se às bandagens, dando a ele um aspecto estranho e cômico de uma múmia. Seu rosto era coberto por uma máscara de cobre já enferrujada em alguns pontos, que só tinha aberturas para os olhos. Por cima de seu ombro direito despontava o cabo de um espadão. As pessoas e as cabras abriam caminho para sua passagem, mais por medo do que por consideração. Quando estava prestes a virar a esquina ela o chamou:

— Senhor! Senhor! Me ajude!

— Acha que um vagabundo qualquer vai te salvar, Yvana? Ninguém se importa com você! — falou Viko, apertando o braço da mulher.

O cavaleiro passou, ignorando os dois.

— Tá vendo? Ele sabe o lugar dele. Faça o mesmo.

— Me ajuda... — Yvana disse numa voz fraca e suplicante.

— Que sorte, mulher! Pedindo ajuda para uma aberração mascarada.

Ao ouvir a palavra "aberração", Khamir puxou as rédeas e parou o trote. Um instante de silêncio se seguiu, onde o único a se manifestar foi o vento, eterno atiçador das areias no deserto.

— Oh não! A aberração se ofendeu? — disse Viko, em tom de deboche. — E essa espada quebrada na metade aí? É pra combinar com o seu pau?

Khamir sacou sua arma. Dois homens, um de cada lado da ruela, que até então estavam deitados no chão e pareciam ser mendigos, levantaram e sacaram sabres. Viko e seus companheiros cercaram o mascarado.

— Essa vai ser interessante — disse Viko, sorrindo e sacando sua própria espada, de cabo dourado e adornado com um rubi.

Khamir puxou as rédeas com força e Dama empinou, fazendo Viko pular para trás para desviar das patas dianteiras. Antes que a égua voltasse a firmar seus cascos no chão, seu cavaleiro pulou para o lado, caiu de joelhos brevemente, mas aproveitou a cinética do movimento para rolar no chão e desferir um corte horizontal contra um dos homens de sabre. Um urro de dor ecoou e o solo foi regado de sangue quente. O golpe atingiu a junta entre a coxa e a panturrilha, decepando a perna do adversário, que, ainda consciente, berrava.

O outro capanga investiu contra o flanco de Khamir,

que, sentindo a aproximação, desviou no último instante. Viko se recuperou e juntou-se à luta. Os dois zinthanos desferiam golpe atrás de golpe contra o guerreiro mascarado, sem dar espaço para que ele contra-atacasse. Eles o pressionaram e o fizeram recuar a cada esquiva e bloqueio, até o forasteiro se encontrar encurralado contra a parede de uma rua sem saída. Viko já mostrava sinais de cansaço, seus ataques eram cada vez mais frouxos e mal executados. A espada de cabo dourado foi erguida acima da cabeça encharcada de suor de seu espadachim e desceu num corte vertical. Khamir deixou que a lâmina acertasse a lateral de sua máscara. Uma faísca e o som metálico do impacto. A face de fora, feita de cobre e dureza delicada, cedeu ao impacto e caiu na areia, dando lugar à face de dentro. Carcomida, esburacada, sem nariz e escamosa. A face de um leproso. No mesmo instante, Khamir largou sua arma, agarrou o braço de Viko com as duas mãos e o puxou. Um suspiro de surpresa. O sabre cravou no ombro de Viko, fazendo-o cair de joelhos. Ele tossiu sangue. Seu capanga, ainda segurando o cabo da arma, arregalou os olhos, que alternavam horrorizados entre Viko e Khamir.

— Corre — disse Khamir, numa voz rouca e com um sotaque pesado.

O homem correu.

Yvana, com as duas mãos sobre a boca e os olhos arregalados, olhava fixamente para o corpo de Viko. Khamir limpou sua espada nas roupas do adversário, cuspiu e recolocou sua máscara. Ele pegou a espada de cabo dourado, deu alguns golpes no ar, testando a fluidez do movimento, o peso do aço. Balançou a cabeça, insatisfeito, arrancou o rubi com uma faquinha de descascar frutas, o colocou no bolso e montou Dama.

— Espere! — disse Yvana.

Khamir se virou para a mulher. Ela abriu a boca e tentou falar algo. Não conseguiu, e ele foi embora.

## III

Khamir atravessou o portal sul de Zinthu'na e cavalgou a manhã inteira, sem saber o que procurar. Vendeu o rubi por bem menos do que o preço real, a um joalheiro cujas mercadorias todas pareciam de procedência e autenticidade duvidosa. Com as moedas recém-adquiridas pôde comprar suprimentos e aliviar a fome, tanto a sua quanto a de Dama, que já alcançava proporções preocupantes. O sol atingia o ápice quando Khamir parou na entrada de um cânion para descansar. Enquanto a carne cozia, ele meditava escorado na parede rochosa. O ar do deserto, até então calmo, de repente ficou mais pesado, como se todo homem, mulher ou animal não fosse bem-vindo. Rajadas de vento chicotearam as bandagens de Khamir, ameaçando apagar a fogueira e derrubar a panela. Ao longe, uma nuvem negra se formava e engolia tudo ao seu redor. O cavaleiro arrumou suas coisas depressa e seguiu a pé ao lado de Dama cânion adentro.

— Em meia hora não vamos conseguir enxergar mais nada — disse ele, acariciando a orelha da égua, que relinchou em resposta.

Khamir sabia que viajar pelos cânions era uma péssima ideia. Eles eram extensos, possuíam múltiplos caminhos que se atravessavam, corredores tão longos que levavam dias para serem percorridos, becos sem saída e a constante ameaça de deslizamentos. Lugares como esse foram a ruína de muitos viajantes inexperientes. Um labirinto de loucura e morte. Mas, frente à tempestade de areia, caminhar por esses caminhos tortuosos e sufocantes era a única alternativa. Assim o fez.

Os minutos viraram horas. Cada passo era um grão de areia caindo na ampulheta do tempo. Só que essa ampulheta era um universo inteiro. Khamir preferiu ir a pé, pois Dama ficava nervosa em espaços reduzidos e poderia entrar em pânico a qualquer momento. Se isso acontecesse enquanto ele estivesse montado, eles poderiam se perder.

Ele olhou para cima e viu através da abertura do cânion os ventos raivosos e incansáveis, as dunas, em eterna transformação, sendo destruídas e reconstruídas. Pensava no que a menina lhe falara no sonho. Quem era ela? Não se parecia com nenhuma deusa ou deus que conhecia. Uma bruxa ou feiticeira? Mas havia poucas delas no mundo naqueles dias, e as que estavam vivas se ocultavam e raramente demonstravam seus poderes para pessoas comuns, ou eram fracas demais para fazer algo daquela magnitude. O que mais o intrigava era o estranho sotaque da criança, que soava como uma dúzia de línguas faladas ao mesmo tempo, mas que de alguma forma mantinha a unidade do discurso. Khamir estava convencido de que aquela fala não se originara em nenhuma nação conhecida. Apesar de tudo, parecia ser algo possível. Talvez uma língua antiga e esquecida? Havia traços e fragmentos de povos distintos, sem qualquer linhagem em comum. Talvez um dialeto secreto? Até seu próprio nome, *Khámir*, era falado de forma diferente. Uma vez, quando Khamir tinha cinco ou seis anos, perguntou para a velha Odaja o que o seu nome significava. Ela disse "Khamir? Nada, não significa nada". Agora suspeitava que ela estava enganada ou mentiu.

Mesmo sendo dia e verão, num dos lugares mais quentes e ensolarados do mundo, tudo estava muito escuro. Khamir segurava a rédea de Dama na mão esquerda e a espada na mão direita, usando-a para tatear o chão logo à frente, como um cego. A ponta da lâmina sempre encontrava areia. Assim o guerreiro mascarado seguiu por horas. Aço e areia, aço e areia. Até que sua espada cutucou algo duro e esse encontro emitiu som similar ao encontro de dois metais. Khamir se abaixou para verificar. Era um mosaico. Pequeno e oval. Impossível de verificar o que estava desenhado, já que a maior parte estava enterrada sob as entranhas do deserto.

— Eu também não gosto disso, Dama — disse o homem.

Logo após a voz deixar sua garganta, Khamir viu as pedrinhas do mosaico brilharem num tom azulado. Mais e mais pontos anis piscaram e se juntaram ao espetáculo. Um som arrastado e cavernoso se fez ouvir, como o de uma tampa de túmulo sendo aberta. Uma corrente de ar frio passou pelo homem, e ele sentiu um arrepio tão contrário à sua natureza destemida e de carne insensível que o deixou, apenas por um instante, de boca aberta por trás da máscara. Uma porta se abriu na face rochosa do cânion. Khamir largou a rédea de Dama e entrou.

O homem estava prestes a acender uma tocha quando notou pequenos brilhos de coloração amarelada piscando aqui e ali. Seu nariz caíra anos atrás e ele praticamente não possuía olfato, mas sabia reconhecer o brilho de gás Ikrix, assim como sabia de seu potencial explosivo. Ele forçou a sua visão, já debilitada pela doença, e apertou o passo. De espada em punho avançou pelo corredor, que aos poucos passava a ter menos feições de caverna natural e mais ângulos retos, de paredes construídas por mãos provavelmente humanas. Quanto mais avançava, mais claro era o ambiente. O chão, paredes e teto eram povoados por musgos e cogumelos fosforescentes e multicoloridos, que "vibravam" e trocavam de cor conforme Khamir pisava sobre eles. Tudo ali era muito bonito. Ele escutou uma melodia e experimentou uma fragrância doce e agradável, mas não sabia dizer de onde vinham essas sensações. Sua empunhadura da espada, que era sempre impecável e rivalizava às dos melhores guerreiros, afrouxou-se. Seus passos ficaram leves; seus batimentos cardíacos, despreocupados. E no meio das luzes, da melodia, da fragrância, da tranquilidade, uma pontada de dor atravessou sua cabeça como uma flecha. E as luzes ofuscaram sua visão, a melodia perturbou seus pensamentos e a fragrância o deixou enjoado.

— Khámir! Concentre-se! Não deixe esses truques o dominarem. Ou então... — A voz da menina de cabelo branco e olhos solares cessou da mesma forma que veio, inesperada e repentinamente.

Quando Khamir deu por si, o corredor chegou ao fim e à sua frente estava um grande salão circular com uma estátua no meio, cercada por um pequeno lago. Uma dúzia de corpos, seis homens e seis mulheres, jazia espalhada pelo lugar. Todos vestiam robes amarelos por cima de armaduras da qualidade mais fina. Além disso, espadas, escudos e lanças se encontravam por perto de cada um deles.

— Quem conseguiria vencer tantos de uma vez? — Khamir murmurou para si mesmo.

Ele andou até a estátua, desviando dos corpos e das armas caídas a cada passo. Gargantas cortadas, abdômens perfurados, tórax esmagados, membros decepados. Ele parou e olhou a água parada do lago. Sua imagem, refletida na superfície o encarou de volta e sorriu. Ondas surgiram e quebraram. O líquido escuro e denso se contorceu e subiu, crescendo verticalmente, tomando forma. Em instantes, a água se ergueu e transformou-se num clone de Khamir. Os dois se encararam e rodearam, se preparando para lutar. Khamir, o sem rosto, o leproso, que portava uma espada quebrada que refletia sua própria natureza. E Khamir, feito de água, completo, sem máscara e de rosto saudável, com uma espada incólume. Os dois aumentaram a velocidade de suas passadas semicirculares e se atacaram usando o mesmo movimento. Lâminas se encontraram em explosões de energia e ímpeto assassino.

Como gêmeos, os guerreiros se digladiavam. Cada investida, um traçado veloz de destruição; cada bloqueio, muralhas se chocando uma sobre a outra. Mesmo feito de água, o clone de Khamir se comportava como matéria sólida. Ele era mais forte e resistente, seus reflexos eram mais rápidos e sua espada tinha maior alcance. Por quase uma hora a batalha se seguiu. Khamir de carne e osso já estava esgotado. A respiração ofegante, a dor, a sede. Ele caiu de joelhos e ficou de cabeça baixa, se apoiando ao chão com as mãos. Sua espada partida, velha companheira, jazia a seu lado. Não havia nada a ser aceito, pois Khamir aceitara seu fim no dia em que descobriu a doença. O clone se aproximou, ergueu sua lâmina e deixou-a cair num movimento diagonal, mirando no pescoço do guerreiro leproso. Uma sensação de total liberdade, leveza e desprendimento de tudo passou por Khamir, que, por baixo da máscara, sorriu. Aço e carne se encontraram. Em milhares de fragmentos se desfez a espada do clone. Aquela imagem de um homem perfeito, saudável, forte e confiante, pela primeira vez demonstrou dúvida e hesitação, levou as mãos às laterais da cabeça, olhou para os lados em confusão. Começou a derreter e a pingar, até cair e voltar a ser só uma poça de água.

Khamir então compreendeu. Aquelas mulheres e homens morreram pelas mãos de suas próprias sombras.

— Muito bem, Khámir. Agora beba a água. Beba e será completo novamente — disse a voz da menina, não sem antes provocar outra pontada de dor na mente do guerreiro.

— Se eu beber, o que vai acontecer? — ele respondeu, olhando para a estátua que ainda não havia analisado.

Representava uma figura humanoide e andrógena, com quatro braços, sendo que um par se esticava em diagonal para cima e o outro tinha os cotovelos dobrados e as mãos entrelaçadas à frente do corpo. Também possuía dois pares de pernas, sendo que um era reto e sustentava toda a estrutura e o outro (o mais externo) tinha as pernas bem afastadas e abertas, com os joelhos dobrados. Não tinha genitália nem umbigo. A única peça de vestuário parecia um capacete e uma coroa ao mesmo tempo, de superfície lisa no rosto e repleta de lâminas curvas na parte superior e traseira, que desciam às costas e se assemelhavam a chicotes. Não possuía orifícios para os olhos. De certa forma lembrava a máscara de Khamir. Fios de cabelo compridos, brancos e lisos escorriam para fora desse capacete-coroa. Em sua totalidade, a peça passava dos três metros de altura.

— Você será completo, como nenhum humano foi em milênios — respondeu a voz, que agora parecia se manifestar através da estátua.

— Quer dizer, como isso? — perguntou Khamir, apontando para a forma estranha à sua frente.

Um momento de silêncio se seguiu.

— "Isso" é a verdadeira forma — disse a voz.

Uma dor lancinante percorreu todo o corpo de Khamir, fazendo-o sentir o total espectro de dor que um não leproso sentiria. Sua visão virou um borrão vermelho por um momento, então foi retornando ao normal aos poucos, e ele viu. Khamir viu um mundo de aberrações. Um mundo onde criaturas semelhantes à estátua andavam entre os humanos. Elas governavam e a humanidade servia de todas as formas possíveis e imagináveis, como animais, como objetos. Viu homens, mulheres e até crianças sendo obrigados a lutar e matar uns aos outros por diversão, sendo torturados, desmembrados e comidos vivos. Servindo para o prazer carnal daqueles seres. Forçados a trabalhar e construir palácios e templos da dimensão de montanhas, e, quando eles finalmente terminavam, eram arremessados dos terraços e sacadas. Viu as abominações octópodes se banquetearem em pilhas de cadáveres e se banharem em piscinas de sangue. Então, ele se viu andando pelos corredores de um desses palácios. Sentiu um ar primaveril morno e agradável, viu passarinhos coloridos voarem cantando do outro lado de uma janela. Tudo estava em paz. Então a luz mudou e ele viu no vidro da mesma janela seu reflexo. Era uma das criaturas.

— Que merda é essa? Faça parar! — Khamir gritou com a potência que a sua garganta seca e a voz rouca permitiam.

— Nossa memória é uma dádiva, Khámir. Não a desrespeite, pois ela é também uma promessa.

— "Promessa"? "Nossa"?

— Você, Khámir, é da mesma linhagem que eu, mesmo que o nosso sangue esteja diluído em suas veias e os milênios tenham nos separado. Podemos compartilhar pensamentos e memórias, pois compartilhamos da mesma estirpe. Beba da água. Agora.

Khamir apertou a mão em volta do cabo de sua espada e respirou fundo.

— Tão decepcionante — disse a voz.

Os olhos da estátua começaram a brilhar como dois pequenos sóis. Khamir escutou o som de algo quebrando e rompendo. Os cadáveres da sala estavam se decompondo em segundos, finalizando um processo de dias. Os músculos e tendões se dissolviam e evaporavam, restando apenas os ossos. Enquanto isso, rachaduras surgiam como veias pela superfície da estátua, emitindo um brilho vulcânico. A pedra descascava e caía, revelando a pele pálida por baixo da camada externa. Onde se dava a despetrificação, o corpo da criatura se mexia em rápidos espasmos. Quando a cabeça do monstro ficou livre, Khamir sentiu sobre si um olhar que poderia obliterar um império. Os braços e pernas do ser ergueram-se e se expandiram em todas as direções, em um movimento semelhante a espreguiçar-se, e de trás do capacete-coroa um guincho ensurdecedor se fez ouvir, ecoando por toda a caverna.

Khamir pegou uma lança e a arremessou contra a criatura. Numa velocidade que desafiava os limites da concretude temporal, o monstro desviou e agarrou a lança no ar, arremessando-a de volta, tudo em um só movimento calculado. O homem se atirou para o lado e conseguiu desviar, quase tarde demais. Aquela massa de longos braços e pernas, tão pálidos que chegavam a ser translúcidos em algumas partes, investiu contra ele, correndo como um aracnídeo, usando os membros superiores e inferiores, se apoiando nas paredes, tomando conta da totalidade do espaço. Khamir correu o mais rápido que conseguia e só não foi alcançado porque a passagem foi ficando estreita demais para o porte grande de seu adversário. Sem olhar para trás e escutando os sons caóticos e enlouquecedores que o seguiam de perto, ele avançou.

Pela primeira vez em anos, Khamir sentiu medo. Ele aceitara a doença e a morte, que em seu caso não era o fim, e sim um estado, um processo que se estendia e o consumia aos poucos. Ele não temia a morte porque já se considerava morto. Apesar de respirar, andar, comer, tinha a aparência de um cadáver, o cheiro de um cadáver, e era tratado pelos outros com a mesma aversão que se trata um cadáver. Se fosse pelas feridas que se alimentavam de sua carne ou pelo fio da espada no calor da batalha, tanto fazia; ele iria tranquilo, sem remorso, sem receio. Mas o ineditismo e a surpresa da situação o perturbavam. E se a criatura o usasse como usou aqueles infelizes lá atrás? E se ele ficasse preso a ela para sempre, numa eternidade de sonhos e visões impostas, de conteúdos aterradores, doentios, inimagináveis, como as que havia experimentado pouco antes? Khamir apertou a empunhadura da espada e os dentes que ainda tinha e decidiu viver.

Mesmo limitado pelo espaço claustrofóbico, o horror albino avançava rápido e estava sempre apenas alguns metros atrás do homem. Eles logo chegariam à superfície, e lá a criatura poderia se movimentar livremente e à velocidade máxima. Cinco segundos. Khamir calculou que seria o tempo para ser alcançado caso parasse de correr. Teria que servir. Ele parou, largou a espada, pegou uma tocha e as pedras de fazer fogo. Bateu uma, duas, três vezes. O monstro estava no ar, bem no meio de seu salto que culminaria na aterrisagem sobre o guerreiro mascarado e no golpe final. A faísca acendeu. A tocha foi arremessada. Calor. Tudo ficou branco e surdo.

Khamir acordou sentindo algo o puxando pela perna.

— Você não entende mesmo, Khámir. Tenta escapar de um destino do qual já faz parte. Nunca se perguntou como sobreviveu tanto tempo com essas chagas? Porque você não é normal... Porque esse sangue... — A criatura apontou para uma ferida em seu peito e para o líquido azul que escorria para fora dela. — Ele já corre nas suas veias. Mas é uma fração pequena demais. Era isso que eu ia consertar. Eu ia torná-lo completo, como um de nós.

O monstro, que estava deitado de lado e soterrado da cintura para baixo, removeu o capacete-coroa, que estava chamuscado e danificado, revelando um rosto membranoso e delicado. A pele dessa região era translúcida e podia-se ver o interior da cabeça, onde um órgão igualmente translúcido se localizava. Um cérebro. Jatos azuis e vermelhos percorriam o interior dessa estrutura, que era dividida em quatro partes iguais ligadas por elos semelhantes a teias.

— Então me solta. Vou me unir a você por vontade própria — disse Khamir.

A criatura guinchou num tom que tentava simular contentamento humano.

Khamir, o sem rosto, largou o espadão e se aproximou de seu interlocutor até que seu rosto mascarado se encostasse ao rosto liso e vazio da criatura. Ele tocou e acariciou o cabelo e a lateral da cabeça do ser albino.

— Eu te entendo. Mas já sou completo.

Khamir inclinou sua cabeça para trás o máximo que pôde, então a jogou para frente com toda a força impetuosa e o fogo visceral que tinha em si. O cobre velho, enferrujado e agora chamuscado, se chocou contra a membrana delicada, afundando-a. A criatura gritou e suplicou em todas as línguas, vivas e mortas, mas Khamir continuou até que o rosto daquele ser albino de três metros de altura, octópode e telepático se desfigurasse em uma sopa azul nojenta e todo o líquido interno de seu cérebro regasse o chão.

## IV

Quando Khamir saiu da caverna, os primeiros raios de sol manchavam a terra e a tempestade de areia já havia cessado. Dama não estava por perto. Em seu lugar, seis homens, com certeza mercenários, ladrões de caravanas ou ambas as coisas, o encaravam, armas em punho.

— Tem que ser você, a menos que tenha outro leproso mascarado por aí — disse um homem que parecia ser o líder do bando. — O conselheiro Adarum não ficou nem um pouco feliz de saber que um de seus filhos foi assassinado, mesmo que fosse só um bastardinho.

Khamir sacou seu espadão e sorriu com o seu verdadeiro rosto, um sorriso oculto a todos que não ele mesmo.

# O Lorde Sombrio do Castelo em Ruínas

**TARCISIO LUCAS HERNANDES PEREIRA**

Ao adentrar os salões do castelo em ruínas de Lorde Zamiel, Alkar não pôde deixar de notar a fragilidade e a decrepitude de seu guia, um dos servos que havia sido designado para acompanhá-lo até o senhor daquelas terras.

"Todos aqui parecem doentes", pensou o ladrão, e havia pensado isso desde que desembarcara naquele território, dois dias atrás.

Fora trazido pelo barco do Capitão Alistar, chefe do que sobrara do exército de Lorde Zamiel, em uma viagem de sete dias por águas turbulentas e perigosas. Alkar confiara na habilidade do capitão de guiar o navio em segurança, a despeito da aparência também doentia do homem, esquecido totalmente do fato de que não sabia nadar; pensava apenas na promessa de um bom pagamento em ouro e terras em troca de uma missão que lhe seria confiada apenas quando chegasse às Ilhas Distantes.

Agora que de fato ali se encontrava, se decepcionava com o que via; as lendas do Continente Antigo falavam de um lugar de feitiçarias e mistérios, de segredos e bruxos poderosos. De um povo soturno e feroz, sempre pronto para vingar a derrota sofrida na Guerra entre o Rei Loeold, grão-monarca do Continente Antigo, e a Rainha-Bruxa Zirkalla, antepassada direta de Lorde

Zamiel, lorde-regente das Ilhas Distantes, cujas portas para seus aposentos escuros de pedra e madeira podre agora encarava, em um castelo que mais parecia uma masmorra secular, abandonada e permeada de uma magia fria e ininteligível. Encontrara nessa região apenas um povo doente, olhares de medo e ruínas. Mesmo dentro da construção de pedra, sentia um fraco vento gélido tocar sua pele e um forte cheiro de umidade e mofo espalhado por tudo.

— Meu senhor o aguarda, amigo Alkar... — disse o servo e, chegando perto, mais perto do que Alkar gostaria, ele sussurrou, com um hálito desagradável que rescendia a vinho velho e ervas amargas: — e, se eu fosse você, procuraria não o contrariar.

Com essas palavras agourentas e pouco convidativas, sacando um molho de chaves sabe-se lá de onde, ele abriu a pesada e apodrecida porta de ébano, partindo apressado pelo caminho de volta antes que Alkar pudesse dizer qualquer palavra.

Já acostumado ao fato de que seus clientes em potencial sempre esperavam uma certa arrogância indolente e afetada por parte dos ladrões que contratavam, Alkar entrou com a mesma calma que mostraria ao entrar em uma taverna convidativa da qual fosse cliente costumeiro, apenas olhando de relance para os lados — talvez alguma coisa ali valesse a pena ser roubada — e procurando ao mesmo tempo a figura de Lorde Zamiel, esse governante tão falado e tão temido em todo Continente, ainda que de fato ninguém soubesse nada a seu respeito. Estava acostumado a esse "protocolo" social que sua profissão exigia, e por dentro sentia o mesmo tédio que experimentara em todas as suas aventuras passadas.

Dentro daquele aposento, tudo parecia ainda mais corrompido, velho, mofado e abandonado. Objetos estranhos estavam pendurados ao longo das paredes laterais, e Alkar se lembrou das lendas contadas sobre a coleção de objetos peculiares — alguns diziam que eram mágicos —

que ali existia. "Pelo menos uma coisa verdadeira foi contada", pensou, admirando alguns artefatos que deveriam valer uma quantia invejável de dinheiro.

— Viu algo que gostaria de roubar, ladrão? — falou uma voz cavernosa, quase gutural, que vinha do fim do enorme aposento.

Alkar assustou-se, ainda que por fora permanecesse plácido e tranquilo.

— Nunca roubo nada para mim, meu senhor. Apenas pego o que me pagam para pegar — mentiu o ladrão com uma voz aveludada e carismática, fruto de anos de encontros com nobres, reis e rainhas, que escondiam por trás da riqueza, vestes luxuosas, frases pomposas e salões reais as mais vis intenções.

Aquela voz agourenta sorriu, um riso gélido e sincero.

— Não pense que um ladrão não sabe quando outro está mentindo, por mais doces que sejam as palavras ditas — disse a voz rouca do homem no fundo do aposento. — Eu mesmo já disse isso muitas vezes antes de encher minha bolsa com mais coisas do que eu era capaz de carregar.

Ouvindo essas palavras, Alkar se aproximou ainda mais. Viu uma cadeira (ou seria um trono?) encostada à parede, envolta pelas sombras do fim da tarde, e ali, sentada, uma figura pálida e magra trajando um manto vermelho-escuro. Vários rasgos podiam ser vistos no tecido apodrecido, e aparentemente nada estava sendo vestido por baixo.

— Aproxime-se, por favor — disse a figura. A voz rouca se ouvia com clareza, mas nenhum movimento se notava além do vento que às vezes balançava alguma parte do tecido.

Pela primeira vez, então, Alkar sentiu algo diferente. E soube naquele exato instante, com a intuição precisa que apenas um ladrão experiente poderia ter, que ter ido até lá havia sido um erro. Um erro gravíssimo.

Alkar se aproximou. A cada passo, sua certeza aumentava: algo estava muito errado, terrivelmente errado. Cada passo revelava um quadro mais incompreensível. A figura sobre a cadeira (ou trono) foi se tornando cada vez mais identificável. E o ladrão sentiu um calafrio percorrer sua espinha.

Lorde Zamiel ali estava; um homem, ou o que havia sido um homem. Agora restara apenas pele sobre ossos pontudos, uma pele esticada que parecia com a de cadáveres abandonados em um campo de batalha. Suas mãos ossudas apresentavam veias que pulsavam de maneira anormal, em um ritmo lento, bem como sua respiração, quase inexistente. O manto vermelho, apodrecido, era lar de uma quantidade inacreditável de vermes e outras coisas rastejantes que entravam e saíam por entre os rasgos do tecido.

Mas nada disso impressionou mais Alkar do que os olhos do lorde. Eram olhos fundos, cujos movimentos rápidos e velozes contrastavam com a inércia antinatural do resto do corpo. E não apenas isso. Naqueles olhos o ladrão avistou um brilho, algo que era loucura, mas que ia além... Avistou conhecimento, um conhecimento obscuro de coisas que nenhum ser humano deveria conhecer, jamais.

Seus passos hesitaram e com isso compreendeu que havia entregado seus medos e conclusões.

— Aproxime-se mais! — ordenou a voz, e Alkar não soube dizer se vira os lábios de Lorde Zamiel se moverem. Nessa voz havia uma autoridade que nem mesmo os grandes senhores do Continente Antigo seriam capazes de demonstrar.

Agora estava a menos de dois metros do lorde. Nenhum detalhe mais lhe escapava.

Mas não era apenas a visão concreta à sua frente que lhe causava desconforto. Era algo menos palpável e que não possuía nome.

Não era a primeira vez que Alkar pressentia algo assim. Era a mesma sensação de quando havia explorado as catacumbas perdidas da cidade submersa de Far-Anglar em busca das gemas da coroa da

Princesa Anma. Sentiu traços disso nos calabouços de Adrafar, onde ficou confinado e torturado por quase quatro anos após ter assassinado o Rei Louco de Ankalar, no único momento de sua vida em que fora guiado por razões pessoais. E também na última vez em que vira Suni, sua esposa, mas isso era algo que ele lembrava apenas em seus pesadelos.

Sim, ele havia sentido isso, mas nunca tão forte e tão denso. Esse algo não tinha nome. Mas, se tivesse que escolher um, diria de imediato: O Mal.

Teve seus devaneios interrompidos pela voz cavernosa.

— Lhe ofereceria uma bebida, mas me disseram que você se abstém de coisas mais fortes. E, para falar a verdade, não sobrou nada em nossos estoques que possa lhe oferecer. Mas vamos falar de outras coisas, não é mesmo?

O incômodo continuou, principalmente por ser impossível saber se os lábios de Zamiel se moviam ou não.

— Me falaram sobre um bom pagamento em ouro — falou Alkar, tentando retornar à sua postura confiante e segura de sempre — e terras. Muitas terras. Apenas me diga o que eu devo pegar, e onde. Não quero saber nada além disso.

Lorde Zamiel sorriu mais uma vez, e logo o riso se transformou em uma gargalhada sinistra, longa, terrível, inumana, que ecoava por entre as paredes e frestas do castelo, juntando-se ao som do vento que provinha incessante de algum lugar indeterminado. "E, pelos deuses, esses lábios se movem ou não?", pensou Alkar.

— Ah, você quer, sim. Eu posso sentir como eu sinto esse pano roto cobrindo meu corpo.

Alkar se irritou, como sempre se irritava quando era desmascarado.

— Apenas me diga aonde devo ir e o que devo trazer para você, homem! Quanto antes eu deixar esse... lugar, melhor para nós dois.

E tão logo o ladrão disse essas palavras, aquele corpo inerte, sem qualquer anúncio ou sinal, se levantou. Algumas criaturas nojentas caíram ao solo e rastejaram para os cantos de sombras do aposento.

Lorde Zamiel era alto, muito mais alto que Alkar. E ele falou. E Alkar sentiu um forte alívio, e respirou. Viu os lábios do lorde se moverem.

— O que você sabe sobre magia, ladrão? — perguntou Lorde Zamiel, com uma voz que, a despeito de toda sua obscuridade, transparecia curiosidade sincera e até mesmo um certo divertimento.

Alkar refletiu e não respondeu de imediato. Não se interessava por magia. Havia esbarrado uma vez ou outra em algo relacionado às artes arcanas, mas era uma ciência tão distante e incompreensível que nunca procurou se aprofundar. Sem decidir se a pergunta era uma espécie de teste, respondeu repetindo um ditado falado em todo o Continente Antigo desde tempos imemoriais, por praticamente todos os habitantes.

— "A magia é traiçoeira", como dizem.

Como todo bom ladrão, Alkar era perito em identificar padrões, em coisas ou em pessoas. Assim, esperou uma nova gargalhada por parte do homem ("homem?") à sua frente.

Mas esse riso não veio.

— Não, ladrão, a magia não é traiçoeira! — gritou Lorde Zamiel, e Alkar constatou que, definitivamente, os lábios se moviam. — A magia pode ser perversa, maligna, sutil, corrompida, mas traiçoeira jamais! A magia é poderosa, e o que parece traição não passa de fraqueza daqueles que tentam se aproximar dela sem... conhecimento.

A cada instante, o desconforto de Alkar aumentava.

— Com todo respeito, Lorde Zamiel, se queria ter uma conversa sobre esses assuntos, deveria ter procurado outra pessoa mais qualificada, e não um simples ladrão a serviço de reis e pessoas ricas que pouco se importam com isso — falou, aparentando calma, polidez e desinteresse.

— Se o senhor não está disposto a me dizer logo onde devo ir e o que devo roubar, peço sua permissão para sair e procurar um barco que me leve de volta para o Continente Antigo, onde meus contratantes não falam sobre magia e enigmas, mas, sim, sobre ouro, joias e riquezas.

E dizendo isso, virou e começou a caminhar em direção à saída do aposento, tentando convencer a si mesmo que se retirava pelos motivos citados, e não por medo, que era o que realmente o movia naquele instante. No fundo, era sábio o suficiente para saber que não conseguiria sair daquele local.

Esperava que a porta de ébano se fechasse sozinha em um baque surdo, ou que seus movimentos fossem impedidos por algum encantamento ancestral, ou que palavras em línguas desconhecidas o fariam arder em chamas... Esperou que muitas coisas acontecessem, na verdade, mas nada de fato aconteceu.

— Eu não quero que você roube algo para mim, ladrão. Eu já fiz isso. — E uma respiração profunda se ouviu, que não combinava em nada com a figura esquelética. — Quero que você apenas leve algo de volta.

Alkar desistiu de ir embora e encarou o lorde. Se havia algo que o ladrão sabia reconhecer era o medo na voz de alguém. E havia medo na voz de Lorde Zamiel, como já existira medo na voz de Suni, sua esposa. "Medo, e seria possível uma tristeza profunda também?", pensou o gatuno.

— Eu lhe direi tudo que quiser saber. Mas, se não quiser permanecer, está livre para sair por aquela porta e nunca mais voltar. — E indicou, com um movimento de seu braço e do dedo indicador, um movimento que pareceu durar uma eternidade, a porta pela qual Alkar entrara pouco tempo antes.

Assim como Lorde Zamiel, Alkar também sabia reconhecer mentiras proferidas pela boca de um ladrão — e Lorde Zamiel certamente havia sido um — e entendeu que jamais conseguiria sair daquele lugar naquele momento, caso quisesse realmente.

Sem opções de fato, ele retornou, cauteloso, porém confiante, para perto do senhor daquelas terras.

— O senhor pode, quem sabe, mandar os servos que estão ali esperando minha saída, prontos para espetarem minha cabeça, procurarem outros afazeres. Eu consigo escutar o som de suas armaduras e armas através dessas paredes frias. Ficarei de boa vontade e verei no que posso lhe ajudar.

Nenhum sinal ou gesto foi feito. Lorde Zamiel continuou encarando Alkar de forma gelada, firme e sinistra. Ele estava imóvel, e qualquer um que entrasse naquele momento juraria que o ladrão se encontrava de frente a uma estátua.

Os guardas ficariam exatamente onde estavam.

— Que bom que decidiu ficar — falou, ao mesmo tempo em que deixava seu corpo cair-se no trono. "É um trono, afinal", concluiu Alkar. O lorde ficou alguns longos momentos em silêncio, com o pescoço torcido em um ângulo estranho para o lado oposto ao que estava Alkar, encarando uma pequena e igualmente apodrecida porta de madeira. — Está ali, dentro daquele quarto, atrás daquela pequena porta. Gostaria de ver? — falou o lorde, com certo divertimento na voz, e até mesmo um certo tom de desafio.

Alkar era experiente demais para se sentir tentado por tal proposta. Procurou por toda a sala alguma cadeira ou banco onde pudesse se sentar, sem encontrar nada. Permaneceu, assim, em pé, desconfortável, ao lado daquele indivíduo.

— Não entrarei ali nem verei nada antes de saber o que é.

Não era a primeira vez que alguém o contratava para devolver algo. Mas todas as outras vezes eram casos de vingança, sequestros, ameaças. Coisas mundanas que os homens faziam quando ninguém estava olhando e qualquer compromisso moral podia ser deixado de lado. E ele sabia que aquele caso era diferente.

— O que você acha que é? — perguntou Lorde Zamiel, mostrando em sua voz gutural um tom cada vez mais sarcástico. — Dobro seu pagamento se você acertar o que é.

Alkar, que reconheceria a mentira nos lábios de um ladrão, sabia que aquela oferta era verdadeira.

— Deixe me pensar então — disse o ladrão, franzindo o cenho, como se aquele gesto apurasse de alguma forma suas faculdades mentais. Nada como a oferta de um pagamento maior para acalmar o coração inquieto de um ladrão.

E ele era um ladrão, mas é claro que sua vida não se resumia a isso. Em toda a cidade que ia, sempre procurava algum templo ou biblioteca a fim de estudar os costumes do local. Algumas vezes chegava a mentir nos prazos de cumprimento de seus "serviços" apenas para ter mais tempo de se aprofundar em suas leituras.

Dessa forma, Alkar conhecia muitas histórias, fossem elas reais ou imaginárias (quando jovem, antes de conhecer os mecanismos sombrios que movem o mundo e as pessoas, ele adorava os pergaminhos sobre o aventureiro fictício Jackarsen e suas desventuras no Mundo Artrisiano... Até, claro, descobrir por si próprio que não há nada de heroico ou glamoroso quando se está realmente em uma masmorra escura e fétida, fugindo de alguma criatura que não deveria existir), e, naquele momento, apenas deixou sua imaginação ocupar, ainda que só um pouco, o espaço que até então era preenchido pelo medo e pela certeza de um final trágico.

Ele prosseguiu.

— Todos nessa terra estão doentes. Muito doentes, do capitão do navio que me trouxe aqui ao servo mais insignificante desse castelo. E o senhor, Lorde Zamiel, se me permite dizer, está mais doente do que todos eles juntos. Seja o que foi que roubou e de onde quer que tenha roubado, o que trouxe para cá trouxe junto também uma doença.

— Ele pensou um pouco. — Ou melhor, uma maldição. Sim, uma maldição. Alguma coisa escura, sombria, e que suas habilidades não conseguiram conter. Até agora.

Lorde Zamiel escutou com atenção às palavras do ladrão, com aquela inércia antinatural que começava a parecer comum naquele ambiente escuro e decadente.

— Suas conclusões são corretas. — Colocando sua mão esquelética por dentro do tecido, tirou uma pequena bolsa feita do mesmo material de seu manto. Jogou-a no chão e o impacto rompeu o pano apodrecido, deixando rolar uma quantidade razoável de pedras preciosas coloridas que brilhavam em diferentes cores mesmo dentro daquele aposento cinza e entregue às sombras da noite que se aproximava cada vez mais.

— Aqui tem mais que o dobro, muito mais, do que lhe foi prometido. Não esqueça de pegar quando estiver saindo daqui.

Alkar quase sorriu ao pensar em tudo que teria que fazer para sair dali. Olhou, sem se preocupar mais em disfarçar, por todo o aposento, tentando encontrar uma possível rota de fuga, uma abertura, uma esperança ainda que pálida de liberdade. Olhou em todas as direções e nada encontrou senão pedras, frestas e desespero.

Lorde Zamiel olhou de novo para a pequena porta que se encontrava do outro lado do aposento.

— Ali — apontou, malicioso. — Você olhou para os lugares errados. É ali que você tem que ir.

E dizendo isso, o lorde retornou à mesma posição que mantinha no início do encontro entre eles, um rei roto sentado em seu trono podre.

Fez-se um silêncio mortal entre eles, e por mais de um minuto ouviu-se apenas o som do vento por entre as rochas e o farfalhar das vestes e armaduras dos guardas que se encontravam do lado de fora do aposento. Todos estavam tensos, sabia Alkar, e o ladrão apenas conseguia imaginar que tipo de castigo ou punição era capaz de fazer com que soldados treinados temessem enlouquecidamente uma pessoa tão fragilizada e corrompida por qualquer maldição que fosse.

— Foi há 23 anos — começou Lorde Zamiel, e Alkar sabia que o momento da revelação havia chegado, e que dali para frente começaria uma

espiral de loucura e escuridão.
— Eu ainda era o irmão mais novo dentre a família regente das Ilhas Distantes... Mais um descendente de Zirkalla, a Rainha-Bruxa sem dentes cujas histórias assustam as crianças até hoje nos dias de tempestade. Meus irmãos e irmãs eram fracos, e éramos pouco mais que um incômodo para todos. Vivíamos como o resto do povo, em casas de barro e folhas secas, esquecidos do direito que nos foi conquistado à custa de muito sangue e mortes. Eu era um ladrão, muito mais que qualquer outra coisa, assim como você é agora. Havia chegado a hora de voltarmos a governar essas terras e esse povo ignorante e supersticioso que Zirkalla conquistara, e apenas eu dentre todos nós parecia querer isso. Havia boatos sussurrados entre o povo antigo sobre um local em meio aos pântanos onde a própria Rainha-Bruxa havia escondido algo... poderoso em uma masmorra quase impossível de ser encontrada, e cujos terrores fariam gelar o sangue do mais corajoso aventureiro. Só os deuses sabem como foi difícil encontrar a localização exata daquele templo terrível, e quantos sacrifícios profanos foram necessários. Mas, graças a poderes sombrios, e o sangue de um ou outro familiar (ou todos, admito), vi-me na entrada do que outrora fora o porto-seguro da Rainha-Bruxa, minha ancestral. Nunca contei os horrores que encontrei lá, e não será hoje que farei isso. Mas posso dizer que encontrei poder; não o poder mesquinho dos homens e governantes, mas, sim, o verdadeiro Poder, o poder escuro e que tudo toca... Os relatos sobre o meu retorno são confusos, uma vez que quase todos que cruzaram meu caminho sofreram uma morte bela e horrível.

Lorde Zamiel sorriu, um sorriso de poucos dentes, porém sincero, como se a lembrança dessas mortes lhe trouxesse algum alento, ou alguma coisa capaz de manter viva em si a chama e o desejo de continuar a existir.

Apesar do pavor, Alkar ainda encontrou dentro de si curiosidade suficiente para se questionar como uma Rainha-Bruxa desdentada e repugnante que habitava os pântanos solitários de um local ermo conseguiu gerar toda uma linhagem de descendentes.

Seus pensamentos foram interrompidos pela voz gutural de Zamiel, que continuou seu relato.

— Dias depois, começava o reinado do regente Lorde Zamiel, novo Senhor das Ilhas Distantes. Eu era temido e despertava no coração de homens, mulheres e crianças um pavor enlouquecedor. E isso me bastava. O poder crescia e crescia a cada dia, e outras coisas cresciam também, sem que eu percebesse. Quando me dei conta, já era tarde demais. E o preço precisava ser pago. Começou pelo castelo apenas, como uma doença, uma sombra que se espalhava. Não morríamos, ninguém de fato morria. Era pior que a morte. Nossos corpos definhavam, e à noite, quando dormíamos, sonhávamos com paisagens de um horror além da compreensão. Para impedir as visões que tínhamos, evitávamos o sono a qualquer custo, e logo paramos de dormir. E continuávamos sem morrer. Quando a situação se tornou insustentável, parti, após estudos aprofundados de runas e pergaminhos, para junto de homens cruéis e bruxos reclusos. E mais uma vez encontrei poder, e também muitas respostas. Mas eu estava fraco e o poder que estendia suas mãos sobre nós começou a... ganhar consciência, se podemos dizer assim... E quando voltei, mesmo com as respostas que precisava, vi-me incapaz de me aproximar desse objeto. E é aí que você entra na história.

Alkar ouviu cada palavra com o suor escorrendo por seu rosto. Deu-se conta de algo que deveria ter percebido muitos dias atrás. A taverna onde estava quando fora recrutado no Continente Antigo se encontrava repleta de ladrões e trapaceiros, alguns de renome muito maior que ele próprio. O ladrão não se lembrava de ter visto os mensageiros de Lorde Zamiel conversando com outros que não ele mesmo. Recordava dos homens soturnos sentados quietos em uma mesa ao lado da sua, os olhares atravessados, o silêncio. E depois a conversa, as promessas de ouro e terras, a certeza de sucesso.

— Ah, vejo que você acaba de perceber que sempre foi você — falou Lorde Zamiel, divertido. — Você não faz ideia de como é difícil encontrar alguém que está no Continente Antigo servindo-se apenas de encantamentos e magia. Mas foi-me útil, apesar do preço. Porque toda magia tem seu preço, algumas mais que outras — e olhou para a pequena porta de madeira. — Algumas muito mais do que outras.

Alkar sabia que devia agir, rápido, o quanto antes pudesse. Não entendia muito de magia — poucos entendiam —, mas sabia dizer quando alguém estava com intenções nefastas. Sua profissão apenas existia por conta de pessoas com desígnios desse tipo.

Ele iria morrer, e logo. E isto estava claro para ele.

Alkar era um ladrão prático. E, naquele momento, em frente ao senhor sombrio daquelas terras, decidiu fazer o que precisava. Pegou o punhal que escondia em meio às suas roupas, em sua cintura. Fez movimentos sutis, que nenhuma pessoa comum poderia perceber. E Lorde Zamiel aparentemente não percebeu. Sem hesitação, em um movimento rápido, preciso e limpo, Alkar cravou o punhal no peito do lorde, onde deveria estar o coração do regente.

Tudo se passou em menos de um segundo, mas pareceu para Alkar um longo momento.

Lorde Zamiel não se moveu. Nem um único músculo. Não mudou sua expressão, não emitiu nenhum som. Permaneceu estático, imóvel como uma estátua.

Um medo irracional tomou conta do ladrão.

E, como havia feito antes, o lorde regente se levantou em um movimento firme e, mais uma vez, antinatural.

Começou a caminhar como se nada estivesse acontecendo, porém com movimentos quebrados e que pareciam não seguir uma sequência entre eles. E foi em direção à pequena porta de madeira.

Levou pouco menos de um minuto para chegar até lá. Alkar não se moveu, tanto por conta do medo abissal que sentia quanto por saber que nada mais poderia ser feito.

Lorde Zamiel chegou em frente à porta enegrecida e, em um movimento horroroso, abriu-a, e Alkar soube de imediato que estava ali a origem do Mal.

— Meu caro ladrão, acabou o tempo de conversas — falou de forma soturna o lorde, como se tivesse esquecido do punhal cravado em seu peito. — Pegue o que aqui está e leve-o de volta para os pântanos. Eu lhe mostrarei o caminho; tenho ainda comigo o mapa que custou a vida de meus irmãos.

E, com um gesto que era para parecer convidativo, mostrou o caminho a Alkar, que se obrigou a olhar para a pequena abertura. Estava escuro lá dentro, e nada podia ser visto. Mas havia alguma coisa lá. Uma coisa ancestral, enlouquecedora, e Alkar sabia. E também sabia que já fora tocado por aquilo.

Agora, pela primeira vez em muitos anos, Alkar caminhou com passos vacilantes. Ainda tentava manter a sanidade.

— É isso? — falou ao regente. — É só pegar o que está aí e levar de volta para o pântano?

— Simples assim — respondeu Lorde Zamiel, sorrindo.

— Diabos. Entrarei ali e pegarei o que quer que ali esteja. Quero meu pagamento adiantado, e o quero antes de partir.

Lorde Zamiel assentiu com um movimento de sua cabeça e falou:

— Certamente, ladrão.

E Alkar ficou, mais uma vez, em dúvida se os lábios haviam se movido ou não.

E se aproximou, ficando bem próximo da porta aberta. Ainda estava escuro lá dentro. Tentou perscrutar a escuridão com seus olhos treinados, mas não viu nada no breu.

Olhou para Lorde Zamiel e viu um brilho louco nos olhos do regente, mas que ia muito além da loucura. Viu conhecimento sobre coisas que não deveriam existir.

E, sabendo ser essa sua única opção, entrou tremendo pela porta.

A princípio não viu nada. No entanto, poucos segundos depois, com as pupilas dilatadas pela falta de luz e pelo medo, começou a identificar uma forma encostada na parede do fundo da sala, que não era tão grande. Demorou a identificar o que era, mas por fim ficou claro.

Começou a sorrir, enlouquecido, quando sentiu mãos — muitas mãos — úmidas, asquerosas e frias tocando seu corpo por ambos os lados.

E o baque surdo da porta sendo fechada e trancada pelo lado de fora.

Lorde Zamiel sorriu quando a porta se fechou.

Logo em seguida começaram os gritos. Como das outras vezes, Lorde Zamiel sabia que os gritos continuariam por muitas horas, às vezes por vários dias sem interrupção.

Caminhou de volta até seu trono e sentou-se, fazendo um gesto sutil com sua mão esquerda. De imediato a porta de entrada do aposento se abriu e o servo doente entrou, caminhando cabisbaixo em sinal de respeito, ou medo.

— Agora falta pouco — falou o regente. — Faltam apenas dois nomes na lista. Envie nossos homens atrás desses ladrões que faltam. Sigam exatamente as instruções do pergaminho que preparei, como das outras vezes. Vocês os encontrarão. Mais dois sacrifícios e a maldição será desfeita.

O servo abaixou ainda mais a cabeça em sinal de subserviência e entendimento.

— Meu Senhor... Quer que eu retire esse punhal que está cravado em seu peito? — perguntou receoso, sem ousar encarar seu mestre.

E foi apenas aí que Lorde Zamiel se deu conta de que ainda estava com o punhal cravado em seu coração. Gargalhou como poucas vezes havia gargalhado antes.

E falou, por fim:

— Não, deixe-o aqui. Não me incomoda de forma alguma, e acho que combina com o manto. — Fez um gesto casual. — Agora saia! E só volte quando trouxer os próximos ladrões para o sacrifício.

# A Última Luz

## JONATAS TOSTA BARBOSA

Quando Ardruna olhou para trás, não havia nada que não fosse tocado pela neve. Apenas brancura que percorria toda extensão do horizonte. Nada de feras. Aliviada, a menina ajeitou o braço do pai sobre os ombros e beijou sua têmpora fria.

Enquanto prosseguia, a solitária paisagem a lembrava algo que Mori, o costureiro de sonhos, contava sobre os deuses. Ele dizia haver uma época em que os deuses jovens abandonaram o mundo e deixaram para trás as velhas entidades que se metiam em cavernas silenciosas para meditar. Tanto tempo se passou que o povo não conhecia seus nomes e não havia como invocá-los para que trouxessem sua benção. Por isso, o mundo começou a adoecer feito um membro no qual não corre mais sangue. O inverno já durava mil colheitas e as bestas, como corças e lobos, deram lugar a bestas de enormes proporções. Leões da neve e veados pouco menores do que elefantes dominavam as trilhas. Logo a caça se tornou árdua e a fome, constate. Sob a água congelada dos lagos agora habitavam criaturas que descendiam de antigos demônios.

Não havia canto no mundo que não fosse inclemente.

As árvores produziam poucos frutos. Em sua maior parte, se assemelhavam a velhos corpos secos e sem vida apontando seus galhos para os céus, enquanto aguardavam a última gota de seiva que ainda corria nas raízes congelar. Pareciam implorar por um miserável fio de luz entre as fendas duras das nuvens. E nada descia à terra além da luminosidade baça e informe. O céu mais parecia os olhos de um cego, cobertos por camadas finas de pele morta.

Devido à fome, não era raro os mais fortes se voltarem para os filhos de seus vizinhos mais fracos para devorá-los. Além disso, existia Beórum, uma criatura bestial que, sem motivos claros, decidira perseguir o povo atrida. A ameaça constante do monstro mantinha o povo unido em sua longa marcha.

Não existia infância, apenas maturidade. Crianças atridas, meninos e meninas, nasciam em profundo silêncio. Ao abrir os olhos, moviam os dedos ávidos de modo que pareciam estar à procura de uma espada. A transição de idades era aniquilada pelo frio. Aos quatorze, seus rostos eram escavados por rugas.

Os olhos fundos, esvaziados por noites insones, estavam sempre alertas. Poucos chegavam a viver mais do que trinta anos. Quando muito, atingiam cinquenta em estado deplorável. Era costume os cinquentenários, já enfraquecidos, serem deixados para trás para encontrarem seu próprio destino. De outro modo, se permanecesse muito tempo com o povo, perderiam seu direito à morte na solidão e, em vez disso, correriam risco de serem devorados pelos mais famintos.

Ardruna percebia que o mesmo aconteceria com seu pai. As pernas já não tinham a firmeza necessária para atravessar os campos. Aqui e ali se ouvia o burburinho sobre ele ser o culpado por desacelerar a caminhada para Alaméria — a região a extremo oeste que acreditavam ser o coração do mundo, onde havia um sol que pulsava na superfície da Terra.

Ambos estavam sempre para trás. Ora ou outra o velho tropeçava nas raízes e rochas escondidas sob a neve, enquanto ela o sustentava nos ombros para que não caísse. Por um momento a pequena parou e murmurou:

— Se Tema não fosse tão preguiçosa, estaríamos acompanhando os outros.

A respiração de Hirto permaneceu inalterada.

— Pai — ela continuou —, se me permitir, vou trazer aquela bastarda pelos cabelos e obrigá-la a carregá-lo comigo até o fim do mundo.

Abriu a boca outra vez, mas Hirto, ao erguer o rosto, balançou os fios finos que rareavam na cabeça.

— Ela está certa — o velho sussurrou.

— Tema nos traiu — discordou.

— Tema vai viver. E vai levar nosso sangue adiante.

— Não quero deixá-lo para trás — insistiu — como um animal.

Hirto permaneceu sereno.

— Menina, quase não há mulheres na tribo — disse.

— Precisamos de vocês para continuar.

Suas palavras soaram como insulto.

— Se eu não puder levar meu próprio pai comigo, prefiro não me unir a ninguém.

— Você sabe que eles não vão me deixar prosseguir.

— Não me importa.

Ambos caminharam por mais uma hora e meia na planície. Havia poucas árvores para se proteger do vento. Os lábios ressecados de Hirto estavam a ponto de se romper quando os abriu. Ele os umedeceu com a língua e levou o odre à boca para saciar a sede.

Um ligeiro aclive se iniciava. As árvores pouco a pouco se adensavam. Embora não houvesse em abundância para ser considerada uma floresta, existia porção suficiente para que não enxergassem o restante do seu povo a mais de um quilômetro.

Conforme seguiam a trilha feita pelo povo na neve, Ardruna notava com atenção algo diferente à margem do caminho. Alguns montes repletos de pedras cortadas com exatidão se destacavam no solo. A última vez que vira algo tão perfeito foi aos sete anos de idade, quando se deparara com uma torre erguida no meio das ruínas de uma cidade. Seu pai dizia que as torres eram uma forma eficiente de manter os monstros distantes e viver em paz.

Por um breve momento Ardruna esqueceu o peso do pai, pois notara uma silhueta alta que se distinguia na distância. Resolveu seguir pela vereda inconstante de pedras e se afastar do povo. Seu coração foi atingido por uma intensa curiosidade. Desejava saber o que havia escondido além dos montes de rocha. O velho Hirto não a censurou. Ao se distanciar e abrir seu próprio caminho na neve, a acompanhou em silêncio, lutando para que as articulações não travassem.

— Olhe, pai — disse Ardruna.

O velho apoiou o queixo no ombro da filha. Teve de limpar a remela que cobria os olhos. Sua boca se abriu expelindo vapores brancos. A visão revelou uma bela construção ainda de pé, alta como a mais alta árvore. Continuava bonita mesmo depois de restar somente três paredes com aberturas retangulares e intermitentes que deviam ser janelas. Apesar da sensação vertiginosa de que poderia desabar a qualquer instante sobre suas cabeças, Ardruna, sem hesitar, se aproximou e entrou. Atravessou as colunas pisando nos fungos que parasitavam os vestígios de madeira podre. A primeira coisa que contemplou no imenso salão foi uma bela árvore que crescia no centro. O velho, sem parecer tão cansado, ergueu o dedo e apontou as pequenas bolotas ao redor das raízes.

— Amêndoas — disse.

A menina aproximou-se para colher algumas, mas, ao observar a parede que se erigia logo à frente, se conteve. Apoiou o pai no tronco da árvore e subiu as longas escadas que conduziam ao patamar superior. Aquela parte da construção tinha a parede gasta com veios cortados na pedra sólida, provavelmente feitos pela chuva. Observou bem ao topo, na direção do leste. Abria-se uma espécie de janela circular, diferente de todas as outras. De lá irradiavam cores escondidas sob a poeira e a neve.

Ardruna não se conteve.

Tentou escalar a parede agarrando-se às fendas. Suas mãos eram fortes e os dedos pinçavam as margens ásperas como garras de um urso. Em poucos segundos já alcançou o topo.

Ela espiou Hirto por cima dos ombros. O velho, apesar de não a ver com nitidez, correspondeu ao sorriso.

Bem no centro do vidro havia uma imagem. Parecia uma mulher. Apesar da sujeira, àquela distância dava para notar que era rodeada por outras ilustrações. Eram símbolos coloridos em diversas tonalidades bastante simples de interpretar. Representavam o ar, a terra, as árvores, as flores, o fogo, além de um monte de criaturas extintas que jamais conheceria. Sem alcançar a imagem no centro, Ardruna apontou.

— Quem é ela? — perguntou ao pai.

— Aploma.

A menina limpou a superfície e olhou através. Ela jamais havia visto tais cores. A princípio, julgou que aquilo era uma espécie de cristal de gelo. Não conhecia o vidro.

Então, substituiu a expressão pela única que conhecia: luz. Em sua mente curta e simples, a expressão que encontrou alinhava-se ao horizonte impreciso que via através da imagem, deixando a margem de significados se condensar, assim como ar que saía dentre os lábios. Luz. Obcecada com as cores que refletiam no rosto, logo tentou atá-las entre os nós dos dedos frios para sentir o toque. Foi em vão. A pele era insensível à luz. Nada além do mundo dentro de seus olhos se comovia. Eram as únicas passagens para o universo colorido que se desvelava diante de si. Um sopro confortável se movia pelo peito. Era como se mergulhasse naquela pura luz. Os músculos relaxaram, e ela deixou que sua alma fosse inundada. Por um momento, a vida lhe permitiu que o espírito soubesse o que uma criança sentia.

Todavia, o consolo foi breve.

Logo enxergou algo se mover por trás do vidro. Com urgência, Ardruna limpou uma parte para observar melhor e avistou quatro homens, vestidos de pele branca e negra, caminhando ao encontro das ruínas. Ela os reconheceu. Eram homens da família de Sinério. Desajeitada, saltou de onde estava e levantou o pai. Quando encontraram os homens, notou que eles estavam furiosos. Mas nada disseram enquanto os conduziam de volta à trilha.

Andaram por meia hora até encontrarem mais guerreiros. Eram visíveis somente por causa das longas lanças com pontas de madeira que carregavam nos ombros. Conforme subiram o aclive, abrindo o caminho entre os arbustos espinhosos, era possível avistar suas cabeças cobertas por toucas brancas e cinzentas.

No acampamento não havia nenhuma expressão amistosa. Ao ver a irmã mais velha, Ardruna lançou um olhar rancoroso. Tema estava ao lado de Atrite, a primeira mulher de Sinério. Entre os rostos mais severos estava o de Duma, o portador-do-chifre. Sinério era seu terceiro filho, mas o primeiro na sucessão por ser o mais velho que continuava vivo.

Sinério observava Ardruna de modo lascivo, assim como um lobo desejando um cordeiro. Não era um sujeito alto, mas tinha o corpo vigoroso se comparado com os outros homens. Ele imaginava que, se tomasse Ardruna, que tinha apenas treze anos e estatura maior do que a média dos homens, geraria sucessores ainda mais altos e fortes.

— Deseja alimentar Beórum? — ele perguntou em tom de ameaça.

Ardruna abriu a boca para responder, mas seu pai apertou-lhe a mão.

— Peço que me desculpe — disse o velho.

Sinério balançou a cabeça.

— Não é sua culpa — disse. — É injusto culpar os mortos.

De imediato Ardruna segurou o cabo do pequeno machado à cintura. Teria enterrado a lâmina no rosto do rapaz caso seu pai não lhe pressionasse o pulso.

— Um morto pede apenas

mais um dia para se despedir de sua filha.

— A caminhada é longa e o povo teme o monstro em nosso encalço — argumentou Sinério.

Duma, o portador-do-chifre, ergueu a mão para que se calassem e observou as paragens ao redor.

— Aqui temos árvores o suficiente para nos abrigar — disse. — Mais um dia.

Hirto tocou cada ombro com a ponta dos dedos numa mesura profunda. A menina não desviou os olhos vermelhos dos homens e da irmã.

Sob as ordens de Duma, o restante do povo montou o acampamento no meio das árvores. Aproveitaram para coletar lenha e castanhas enterradas na neve. Também tiveram a fortuna de encontrar algumas dúzias de carcaças de aves congeladas para saciarem a fome.

— Os deuses têm formas estranhas de abençoar seu povo — disse Ardruna a seu pai, enquanto o aconchegava sob um enorme carvalho.

O velho continuou em silêncio.

Ela tomou sua cabeça e fitou os olhos.

— Você sabe que esse não é só mais um dia.

— Ardruna — tentou censurá-la.

— Você não me deixaria para trás.

Hirto fechou os olhos e segurou as mãos da filha. Depois as abaixou até o colo. Sentiu os lábios da menina soprarem o calor das palavras bem próximo ao ouvido.

— Não deixou mamãe para trás. E sei que não me deixaria.

O homem largou a menina. Encolheu-se sob a pele de leão branco como um verme que rasteja para debaixo da terra.

Naquela noite o vento não os poupou. Seu sopro contínuo feria a pele como navalha. O povo acreditava que os deuses não habitavam as trevas. Havia tão somente bestas seguindo o cheiro de sua carne nos rastros deixados pelas planícies.

A manhã seguinte trouxe a claridade do céu coberto por nuvens. O ar se retirava como se o mundo fosse o interior de um grande túmulo. Ardruna pretendera não adormecer, porém não resistira ao sono profundo. Ao abrir os olhos sentiu-se culpada. Se alguém tentasse cortar sua garganta, não teria dificuldade em fazê-lo.

Levantou-se para alimentar o pai. Hirto estava com o rosto fora do cobertor e os olhos abertos. Ela descongelou a carne na fogueira e levou a parte mais gordurosa à boca enrugada.

— Você se lembra de quando me alimentava com isso?

A carne permaneceu na língua, sem descer pela garganta.

— Não se atreva a cuspir — ela ameaçou.

Ele engoliu com dificuldade.

— Você precisa estar forte quando eles o deixarem, pai.

O maxilar subia e descia. Assim mastigava com os dentes que lhe restavam. A menina o observava com ternura, esperando para levar mais comida.

— Lembra da mamãe? — A voz soava como se estivesse sozinha. — Dos primos, tios e tias? Dunedrain, Brao, Lidal. Foulest, Odilea, Ramós. Também tinha o primo Novila de cabeça torta. Eram tantos, meus deuses. No fim, só restamos nós.

Quando o líder do povo e seu filho chegaram ao acampamento, Ardruna diminuiu o ritmo com que alimentava Hirto. Sinério e Duma estavam acompanhados do primo Glarur, seu filho Ceniur e mais cinco homens sem laços de sangue, além de sua irmã. Todavia, Tema não se atrevia a sair de trás de Sinério.

— Despediu-se do morto? — perguntou Sinério.

Ardruna deu mais uma porção de gordura ao pai. Duma se inclinou para tocar seu ombro, mas a menina se esquivou e os dedos tocaram o nada.

— Está gostando da gordura, pai? — ela quis saber, como se não houvesse ninguém ali.

Impaciente, Sinério avançou.

— Fique onde está — murmurou Duma.

— Não vê que essa cadela quer nos humilhar?

— Filho, ouça.

— Ouça você, Duma. Se não formos embora neste instante em vez de perdermos tempo com um morto e sua filha estúpida, teremos que enfrentar Beórum antes do previsto.

Enquanto os homens discutiam, Tema aproveitou para se aproximar da irmã. Acocorou-se ao lado dela e sentiu o calor irradiar de seu corpo. As bochechas estavam avermelhadas como se ardessem, e o sorriso no rosto abatido parecia uma máscara.

— Irmã — Tema ofereceu um punhado de raízes. — Isso é para aquecer papai.

Antes de concluir, Ardruna empurrou-a para trás e rosnou. Tema arrastou o traseiro na neve até ficar entre as pernas de Duma.

Então, Sinério vomitou sua ira em um longo sopro. Não era habituado a gritar. Preferiu agarrar os cabelos curtos de Ardruna e arrastá-la para longe do pai. Em seguida, voltou-se ao velho. Segurando-o pelo pescoço, suspendeu seu corpo ossudo até seus pés não tocarem mais o chão. Apesar da velhice, os ossos não pareciam frágeis como havia imaginado e a pele ainda se esticava feito a corda de um arco. Hirto não expressava desespero. Os olhos cinzentos miravam um ponto fixo diante de si.

O peito de Ardruna fervilhou. Ela avançou sobre o homem para agarrar sua cabeça e morder-lhe o nariz. Contudo, Sinério acertou sua boca com um golpe. Desnorteada, tombou por um segundo de joelhos e pôs gelo entre os lábios. Permaneceu com o rosto voltado para baixo por um segundo. Em seguida, arremeteu-se outra vez contra o homem. Teria arrancado um pedaço dele se não desembainhasse a faca e a aproximasse do ventre do velho.

Ardruna hesitou.

— Vamos, me ataque. Você ia me atacar? — zombou.

Obediente, ela recuou, limpando a neve das calças.

— Tema, mostre à sua irmã o que deve carregar.

Ambas subiram a elevação, deixando Hirto nas mãos de Sinério. Tema manteve-se afastada da irmã. Incomodada, Ardruna acelerou os passos e ficou bem à frente. Tema era mais baixa, e os pequenos pés cabiam nas suas pegadas enquanto a seguia.

Adiante, o equipamento para viagem estava embalado em bolsas de couro. Ardruna jogou uma delas nas costas e iniciou a caminhada até o topo. Alguns homens portando longas lanças as seguiram lado a lado, obedecendo às ordens de Sinério.

O ranger dos passos esmagando a neve ressoou semelhante a dentes que mastigam ossos úmidos.

"Somos um bando de mortos", pensou Ardruna.

Quando alcançaram o cume, avistaram uma ligeira descida até o que lhes parecia um rio. Em suas margens se erguiam ruínas de pedra cobertas de neve suja. Do outro lado da margem se estendia uma densa floresta de árvores retorcidas. O povo interrompeu as passadas. Desconfiados, todos se viraram para Duma esperando uma ordem. O portador-do-chifre cobriu os olhos da claridade difusa com a palma na testa e avaliou com atenção.

Ardruna estava curiosa com Glarur, um dos parentes de Sinério. Ele sussurrava nos ouvidos do líder. A menina se inclinou, fingindo apoiar-se no cajado para ouvir a conversa.

— Não é conveniente entrar na floresta — disse Glarur.

Duma afilou a barba e murmurou algo sem significado.

— O rio é a melhor escolha — continuou Glarur.

— Para qual direção? — perguntou Duma.

— Pela floresta — interrompeu Sinério. — Alaméria fica depois do oeste. E o oeste fica depois da floresta.

— É arriscado — ralhou Glarur. — E há uma montanha depois da floresta.

— Vamos demorar mais.

— E você sabe a distância até Alaméria?

—Vamos contornar, meus

filhos — Duma interrompeu em tom sereno. — Como sempre decidimos.
— Pai — insistiu Sinério. — Faremos exatamente como nossos antepassados aconselharam. "Manter a distância de florestas e montanhas, sempre para oeste".

Glarur tocou os dois ombros com os dedos em uma mesura e assentiu.

— Vou avisar ao Pai Trur e os outros.

Sinério desviou-se do olhar de Duma e se virou para trás. Ardruna estava de cabeça baixa. O corpo adormecido, as pálpebras oscilando ao vento frio. Parecia uma torre prestes a tombar. Ele a empurrou, fazendo com que abrisse um dos olhos.

— Não é hora de dormir — bradou.

Ardruna ajustou a postura encarando-o por um minuto. Os olhos da menina permaneceram aguçados e frios como lâminas.

As águas do rio estavam congeladas, mas não o suficiente para atravessarem. De certo modo era um alívio, já que agora havia água corrente para se banhar. A construção de pedra que ladeava a margem parecia estar ali há séculos. A rocha apresentava desgaste de chuva frequente. Do outro lado, a farta floresta era preenchida com tantas árvores que tinham de disputar espaço umas com as outras, empurrando o tronco das mais fracas para dentro da correnteza. As formas dos troncos retorcidos inspiravam medo. Algumas lembravam grandes serpentes peludas com faces de aranha que se embrenhavam no meio da tundra para levar seus filhos. Como medida de cautela, Duma ordenou que Brízia, uma de suas filhas mais velhas, arremessasse uma flecha naquela direção. Ela atingiu um trançado suculento de raízes cobertas por gelo. Nada se moveu ali.

Quando todos, por fim, se reuniram para trazer informações a respeito da construção de pedra abandonada, os gêmeos Drian, netos de Skena pescador-de-serpentes, traziam consigo um punhado de lenha tostada e cinzas úmidas.

Ardruna aproximou-se para ouvi-los.

— Encontrei isso entre as colunas — disse o gêmeo que ainda tinha os dentes da frente.

— Estava em um buraco numa casinha de pedra.

— Uma lareira — corrigiu Duma. — Lareira, como o antigo lar daquela que não nos deixou.

— Isso mesmo — concordou o irmão que não possuía dentes da frente. — Estava na lareira.

— Então temos companhia — balbuciou Duma.

— Algum sinal de Beórum? — perguntou Skena pescador-de-serpentes.

Os gêmeos balançaram a cabeça negativamente.

— Para onde acha que foram?

Não houve resposta.

Sinério caminhou em direção à floresta e se aproximou da vegetação congelada à margem. Como se tivesse encontrado alguma coisa, ele afirmou:

— Sem dúvidas, seja lá quem esteve aqui atravessou o rio.

— Não temos certeza, irmão — argumentou Glarur.

— É claro que todos não podem arriscar ir pela floresta, irmão. — Sinério tirou as cinzas dos gêmeos. — Por outro lado, os sinais nos mostram que o grupo anterior era pequeno. Eles podem ter provisões, ou até um mapa. Talvez, se enviarmos um homem de cada família, consigamos alguma recompensa.

— Ou pode ser uma armadilha de Beórum — avisou Glarur, voltando-se para Trur e outros familiares, que assentiam. — Seria ótimo encontrarmos mais provisões e ferramentas — continuou. — Mas não podemos nos dar o luxo de entrar em uma floresta sem saber o que realmente estamos perseguindo.

Trur cruzou os braços sólidos como carapaças e encarou Duma.

— Há peixes nesse rio — disse Trur. — Se o seguirmos, não vamos precisar entrar na floresta.

O portador-do-chifre esboçou um sorriso.

— Está acertado — concordou. — Seu conselho é o mais sensato, irmão Trur. Vamos pescar alguns peixes e amanhã continuamos o percurso do rio.

# A ÚLTIMA LUZ

Sinério soprou ar até os pulmões se esvaziarem. Depois se afastou do grupo, sumindo atrás de uma pilha de pedras. Ardruna o observou com os olhos quase totalmente fechados, como uma fenda.

O mundo avançou até atingir os portões da noite. As nuvens cor de safira escureceram com vagar até se tingirem de azeviche. Estava tão escuro quanto o ventre de uma cobra. Enquanto comiam e preparavam-se para descansar, os atridas pouco falavam. Preferiam cultivar o silêncio e se comunicar através de gestos.

Ardruna caminhou pelo acampamento iluminado apenas por tochas. Esperava que Sinério a obrigasse a dormir em sua cama, porém ele não retornou. Ela encontrou Tema, que veio até seu acampamento pedindo que dormisse consigo. Ardruna a ignorou. Quando a irmã foi embora, arrumou a coberta de couro em uma laje lisa próxima a um guerreiro que estava em turno de guarda. Deitou-se de face virada para o céu. A mente vagou até uma história que seu pai havia lhe contado quando criança. Era uma história sobre seus antepassados, que viviam em uma cidadela cercada por muralhas. Segundo ele, as muralhas foram construídas pelos próprios deuses. Porém, houve uma guerra que durou anos. Quando por fim a cidade foi conquistada, um nobre homem, sob a proteção de Aploma, aquela que habitava as lareiras, carregou o pai manco nas costas e conduziu o filho e a mulher através das chamas.

Ardruna não era somente capaz de lembrar, podia enxergar a forma da história. As palavras percorrendo o tempo, atravessando cada boca daqueles que vieram antes dela. Preenchendo suas almas. Levando o sangue adiante e gerando mais sangue até chegar-lhe aos ouvidos. Pela primeira vez em sua curta vida sentiu os olhos se umedecerem.

Seria a última a conhecer a história, pensou. Estava certa disso.

Sinério surgiu como o revoar duma gralha. Não houve

tempo de secar os olhos. Ele empurrou Ardruna com os pés e ordenou:

— Levante-se.

Apesar da escuridão, ele a conduziu como se soubesse com exatidão para onde ia. Empurrou-a para longe sem levar nenhuma tocha. Subiram a encosta e retornaram pelo mesmo caminho do dia anterior. Quando atingiram o cume, não cessaram até as fogueiras do acampamento sumirem atrás. Aproximarem-se das árvores que demarcavam o fim daquele trecho. Ardruna forçava os olhos, mas nada enxergava.

— Agora pare, cadela — disse, batendo com um cajado no pescoço.

Ardruna não tinha como defender-se. Suas armas foram tomadas e estava à mercê dos desejos de Sinério.

— Apoie o rosto na árvore. — Bateu com os nós dos dedos em um tronco.

Ela não se moveu. Manteve-se fixa como uma estaca. Conseguia imaginá-lo impaciente, balançando a cabeça de um lado para o outro com tanta força que dava para sentir o vento.

— Entenda — ele insistiu. — Eu não preciso do seu rosto. Não preciso das suas pernas. Não preciso dos seus braços. Nem mesmo dos seus seios. Preciso apenas do que guarda no ventre. Se não quiser que carregue você em pedaços, por favor, se vire e apoie na árvore.

Ardruna retesou-se como um arco flexionado até o limite. Os músculos do braço se aqueceram e os punhos se fecharam como conchas. O som de uma lâmina ressoou da bainha de Sinério.

— Tudo bem — riu. — Gosto de você assim. Sem medo.

Passo a passo esmagou os galhos com o calçado de couro. Estava tão concentrado em possuir Ardruna que não sentia as pontas de pedregulhos atravessarem o couro do sapato e fustigarem a sola dos pés. O bafo quente e azedo logo sopraria no pescoço da menina. Mas Ardruna não deixaria aquilo acontecer. Mataria Sinério com as próprias mãos antes que pudesse violar o seu corpo.

De repente, ambos ouviram o ruído apressado de passos.

— Sinério — uma voz conhecida chamou.

Era Tema carregando uma tocha.

— Volte, mulher — ele ordenou.

As chamas iluminaram Ardruna apoiada contra a árvore e Sinério próximo da menina.

— Duma está chamando — disse, com o rosto corado.

— Diga que vou em breve.

— Ele encontrou algo importante e precisa de você agora.

Sinério, enfurecido, se dirigiu até Tema e abafou a sua voz. Os dedos eram musculosos e a palma áspera feito escamas. Ela teve certeza de que apanharia sem piedade. Contudo, havia um único conselho que sempre seguia do sábio pai:

"Jamais vá ao encontro de um homem sem levar consigo uma lâmina escondida entre as pernas."

E foi uma lâmina que Sinério sentiu cravada em algum lugar do estômago. A mulher enterrou a pequena faca até ser interrompida por um osso.

— Cadela! — golfou enquanto sentia a ponta entrar pela segunda vez.

O homem ergueu Tema com uma mão e tirou a faca com a outra. Sem hesitar, cortou-lhe a garganta, sujando seu próprio peito com sangue.

Ardruna, aproveitando a distração, arrancou um pesado galho de árvore na penumbra. Quando ouviu o som do corpo da irmã cair, seguiu o fedor de Sinério e desferiu um golpe. A ponta do galho o atingiu e ele tombou. A menina não parou de golpeá-lo enquanto ouvia o som do crânio e da carne sendo espedaçada.

As chamas da tocha que Tema trouxera se apagaram. Nada se movia nas trevas. Apenas o coração de Ardruna.

Ao se agachar e abraçar a irmã, sentiu a cabeça pender no seu colo. Nunca se dera conta da suavidade da pele. Os cabelos ainda rescendiam à juventude, porém o calor se esvaía rápido, até o corpo parecer um fragmento de gelo. Quando Ardruna beijou sua bochecha, teve a impressão de sentir um sorriso deixado nos lábios antes de partir.

Mas não havia tempo para luto agora.

Junto aos corpos havia poucas coisas além da pele ensanguentada. Não poderia retornar ao acampamento para conseguir mantimentos sem correr o risco de que a capturassem. Tampouco lhe ocorreu o pensamento imundo de cortar um pedaço dos cadáveres. Preferia enfrentar a fome sem recorrer ao comportamento das bestas que costumava caçar.

Então, Ardruna pegou as duas facas de Sinério e se afastou. Quando estava à distância de dois tiros de pedra, as nuvens do céu, como por milagre, começavam a se abrir em breves fendas por onde a lua se revelava. A menina não via a lua há tanto tempo que de fato esquecera o seu brilho. Lembrava-se apenas do que Mori, o costureiro de sonhos, dizia a respeito dela. Ele afirmava que o mundo era feito de camadas infinitas. O sol e as estrelas eram fendas no céu que permitiam a entrada do fogo que ardia do lado de fora. E a lua era uma bela porta, que aqueles que a alcançassem poderiam passar à eternidade.

O brilho leitoso se derramou através da represa de nuvens e iluminou seu rosto. Ardruna ouviu um ruído e olhou para trás. Algo estranho acontecia com o cadáver de Sinério. Ao toque da lua, seu corpo começava a se mover. Ele empurrou o chão para se sentar. O pescoço balançou até a cabeça voltar ao lugar. Os ferimentos estalavam e se fechavam. Pareciam desaparecer. Aquilo que se erguia não era um homem.

Ardruna correu, atravessando velozmente o caminho entre os espinhos. Prosseguiu pela trilha tortuosa até chegar à árvore em que vira seu pai pela última vez. Estava deserto. Não havia marcas de luta que indicassem algum ataque de feras. A imagem da ruína onde tinha encontrado as amêndoas emergiu da memória.

"É claro!", pensou.

Os músculos e articulações se moveram de modo

semelhante aos de uma astuta raposa. As proporções volumosas dos braços e pernas privilegiavam seus movimentos. Ela podia correr como se não houvesse atrito entre o terreno acidentado e seus pés. Apesar de não ouvir os passos de Sinério, sentia o monstro aproximar-se.

A lua permitiu que encontrasse os rastros deixados pelos guerreiros. Assim não teve dificuldades para chegar às ruínas.

Apressada, Ardruna irrompeu por entre as colunas da entrada e tropeçou nas próprias pernas, caindo de joelhos diante da árvore. Havia uma porção de sementes espalhadas ao redor. Provavelmente eram das amêndoas que Hirto comera. Mas não havia ninguém ali.

— Muito tarde! — Golpeou o tronco com força.

Ao passo que lamentava, ouvia um silvo arfante se aproximar. O monstro surgiu na entrada com as narinas bufando ar branco. Andava sobre as duas patas, provido de braços e pernas musculosos e longos. As presas pingavam sangue. A cabeça era coroada por tantos chifres que não conseguia encará-lo nos olhos negros.

— Beórum — ela disse entredentes.

A menina retesou as pernas para fugir, no entanto queria compreender a maldição que assolara Sinério. A presença da besta exercia sobre ela uma mistura de horror e curiosidade. Por que aquele desgraçado teria se tornado a criatura? Se era ele Beórum, por que não havia devorado todo o povo antes? A fera, percebendo a expressão atônita de Ardruna, esboçou algo como um sorriso com uma porção de dentes que não cabiam na boca.

— Alaméria — ele disse com a garganta tomada por saliva.

— O que tem em Alaméria?

— Por Alaméria eles vão. Sim.

Ele deu um passo à frente. Ela recuou dois.

— Você quer dizer, o povo? Outro passo mais largo.

— Sim. Por Beórum não se espalham.

Mais um passo.

— Por Beórum não voltam. Ardruna não esperou. Saltou para trás da árvore sacando a lâmina.

— Minha família precisa se alimentar até Alaméria — ele sibilou, lambendo os beiços com a língua de serpente. — Nós somos Beórum.

Naquele instante, uma amêndoa caiu na cabeça de Ardruna. Escondido bem no topo da árvore estava seu pai. Ele apontou a parede que ela havia escalado no dia anterior e mostrou a ponta de uma lança improvisada que carregava. A menina compreendeu. Rapidamente subiu o patamar adiante e escalou a parede se agarrando às fendas. Quando já estava na metade, a criatura quase a alcançou em um salto. Poderia ter-lhe arrancado a perna com uma mordida. Mas tudo que atingiu foi o ar frio. A menina arrastou o peito e arranhou o rosto até chegar ao ponto mais alto.

Havia grandes pedras soltas, que ela empurrou sobre a besta. Apesar dos tiros certeiros, a criatura se esquivava com habilidade indo para os lados enquanto escalava. Porém, devido a rija musculatura, seu corpo era bastante pesado. Quando se arremeteu para o canto, fugindo da rocha seguinte, a parede estremeceu. Todavia, Beórum não se conteve. Subiu mais rápido, fazendo cada pedra vibrar e rachaduras se abrirem.

Foi nesse instante que Hirto, no topo da árvore, percebeu sua chance. Apesar da fraqueza, estava em uma altura vantajosa. Quando arremessou a lança, a ponta se enterrou na carne, fazendo Sinério tombar. Ainda em queda, agarrou-se com força nas fendas. Suas garras deslocaram as pedras, levando a parede a baixo.

Ardruna saltou para fora, se estatelando na neve. O som de pedras rolando e vidro se partindo a ensurdeceram.

O golpe das rochas sobre a cabeça, tronco e membros da besta foi suficiente para esmagá-la. As outras paredes mantiveram-se de pé, sustentadas por colunas,

# A ÚLTIMA LUZ

mas, a julgar pelo seu aspecto deteriorado, ameaçava desmoronar sobre eles a qualquer instante. A menina não esperou um segundo a mais. Correu trôpega através dos escombros. A primeira coisa que viu foi Sinério, que voltara à forma humana. A parte inferior do corpo estava presa, mas ainda se movia. Antes que abrisse os olhos, Ardruna ergueu a rocha mais pesada que conseguia levantar e a soltou sobre a cabeça.

Engolfada pela angústia, Ardruna continuou procurando e escavando, ferindo a pele e arrancando as unhas. Não desistiria, nem que perdesse os dedos reerguendo o muro pedra por pedra. Todavia, não houve necessidade de erguê-lo. Ela sentiu algo bater na cabeça. Uma amêndoa caiu aos seus pés.

— Aqui — disse o velho.

Ao olhar para cima, viu a criatura frágil pendurada em um galho.

Ardruna estendeu os braços e o pegou. Temendo que Dumas e os senhores dos atridas enviassem outro Beórum, logo o colocou sobre as costas. Então caminhou em direção ao leste, para o mais longe possível do acampamento. No entanto, ao passar pelos estilhaços do vidro colorido, notou um grande pedaço ainda inteiro. Ela se agachou para apanhá-lo.

— Olhe — sussurrou. — Aploma?

O velho ergueu o fragmento contra a luz. Uma circunferência perfeita se desenhava por trás da deusa. Abriu bem os dois olhos. Tanto quanto fosse capaz. Até que Ardruna sentiu as lágrimas pingarem em sua nuca.

# A Caçada do Paladino

## FERNANDO FIORIN

"*Mea culpa*"
"*Mea maxima culpa*"
Sir William Whitecastle aplicava com zelosa diligência o açoite nas costas, que já estavam em carne viva e sangravam profusamente.

À sua frente repousava sobre um altar a armadura de batalha que servira à sua família desde os dias em que seu ancestral mais antigo, o Barão Theodor Eric de Whitecastle, lutara nas Cruzadas ao lado de Ricardo Coração de Leão, tendo mais sorte do que o rei, que morrera antes de conseguir retornar para o próprio reino.

A placa de aço que formava uma proteção formidável era de uma cor escarlate, descascada em pontos onde as espadas inimigas alcançaram os seus antigos proprietários.

O avô de Richard lhe contara histórias incríveis sobre aquela vestimenta de guerra. Que antes de seu ancestral se juntar à causa de Ricardo I e ir em busca de fortuna para restituir o nome de uma família de linhagem nobre, mas empobrecida, aquela armadura era de uma alvura ímpar. E que o sangue de todos os oponentes derrotados em batalha fora o responsável por aquela mudança cromática.

Que a tonalidade mais escura fora conquista com o sangue dos franceses que o seu bisavô enfrentara durante a longa guerra entre a Inglaterra e o país inimigo separado pelo Canal da Mancha.

E que finalmente permanecera naquela cor desde que o seu avô e o pai não a usaram mais em campos de batalha.

*"Mea culpa"*

*"Mea maxima culpa"*

Todos do sangue Whitecastle sabiam que o Barão Theodor Eric não conseguira reconquistar as riquezas e a glória por meio do ouro sarraceno ou dos espólios conquistados na Terra Santa. Até o mais estúpido dos cavalariços que servia na cocheira conhecia as histórias e as temia.

Theodor Eric trouxera um demônio para casa.

Uma criatura filha de pesadelos cruéis de noites insones, de alucinações causadas pelas mais terríveis chagas e a cólera mais devastadora que poderia tomar o corpo de um homem de fé e caráter. Um ser que pertencia a outro mundo, a outra época, a outro povo.

Mas um demônio astuto. Que trouxera mais fertilidade ao solo da família Whitecastle do que poderiam recordar os mais antigos moradores do castelo.

Este ser que se escondia sob a forma de um homem mouro, com vestes extravagantes e um delicado sotaque estrangeiro, transitava pela casa da velha linhagem como um hóspede que nunca ia embora. Ou melhor, que nunca era liberto da promessa que fizera a Theodor.

Desde 1210, todos os herdeiros de sangue Whitecastle eram instruídos a nunca liberarem Kafir da promessa que fizera para Theodor na Terra Santa, em solo sagrado, dentro da Basílica do Santo Sepulcro, em troca de ser liberto das areias ancestrais que não o permitiam atravessar as fronteiras de Jerusalém.

E, no ano de 1576, quando a fé falhava no mundo, os hereges se espalhavam e a Igreja buscava equilibrar a tudo por meio do Santo Ofício, o velho barão, um homem que nunca pusera fé no próprio sangue, simplesmente dissera a Kafir que este poderia ir embora para sempre.

*"Mea culpa"*

*"Mea maxima culpa"*

Sir Richard já não sentia mais as açoitadas e por isso

decidiu parar. Mesmo com o braço direito cansado e tomado de cãibras, os joelhos adormecidos e salpicados pelo sangue formado onde as pequenas pedras pontiagudas em que estivera ajoelhado furaram a sua carne.

Não havia sentido em se flagelar quando a dor se esvanecia.

Era impossível esquecer a visão da carnificina, o cheiro de abatedouro, a atmosfera do próprio inferno sobre a terra.

Pois aquilo tudo ainda estava à sua volta e pesava contra sua alma atormentada.

O corpo estripado do seu pai, com a espada que levava o brasão da família enfiada em seu peito. O corpo de seus irmãos mais novos, de sua mãe, até mesmo dos empregados, escravos e animais domésticos. Todos espalhados pelo salão, profanando cada pedra daquele castelo.

— Por que, pai? Por que o fizeste? Maldito seja. Maldita seja sua falta de fé e discernimento!

Richard queria muito depositar a culpa sobre o velho e enfermo barão. Sobre a sua estupidez.

Mas ele também se sentia culpado. Pois fora a sua espada que matara o próprio pai, graças às ilusões criadas por Kafir, graças aos poderes demoníacos daquela criatura que viera de uma terra tão distante. E graças à sua própria falta de visão para a doença que se espalhava pela mente do ancião e o tornava menos lúcido a cada dia que se passava.

Richard fora enganado, é claro. Não conseguira lutar contra o próprio mal. Nem mesmo desferir um golpe que fosse contra o demônio em si. O ser se movia como uma sombra, um bom borrão que ia e vinha. E no fim, quando o golpe foi certeiro, veio a desgraça.

Como Richard poderia saber que atacava o próprio pai em vez do demônio em si? Como poderia lidar com tal magia quando até mesmo Deus parecia o ter abandonado em meio àquela cena dantesca dos recôncavos mais pútridos do Inferno? Sem ter certeza como proceder, como caçar aquele inimigo poderoso e ao menos vingar o sangue derramado em seu lar, mais uma vez os joelhos do cavaleiro cederam.

Suas mãos de forma involuntária buscaram pelo açoite e o ritmo dos golpes na pele nua foi retomado. As lágrimas quentes escorreram pelo rosto ainda sujo de sangue. Diligentemente, Sir Richard voltou a se flagelar, clamando por ajuda divina.

"*Mea culpa*"

"*Mea maxima culpa*"

"*Já se cansou, meu amigo?*" Richard abriu os olhos e levantou a cabeça quando sentiu a ponta da lâmina sob o seu queixo.

Por um segundo o seu coração bateu mais forte, pois o cavaleiro acreditou que Kafir havia voltado para terminar de eliminar os Whitecastle da face da Terra. A figura usava roupas parecidas com as do demônio, mas sua postura era mais séria e, ao mesmo tempo, cautelosa.

Porém, o homem estranho possuía olhos mais claros e com uma intensidade luminosa menos maligna.

Sem pensar duas vezes, Sir Richard usou o açoite para desviar a lâmina que o ameaçava e, mesmo sentindo um pequeno corte no pescoço, conseguiu rolar para perto do corpo do pai e retirar com um puxão rápido a espada que permanecia fincada nele.

— Um belo movimento, inglês. Mas este corte pode ser fatal.

— Eu posso morrer, sarraceno, mas antes eu o levarei para o Inferno comigo.

— Achei que vocês, cavaleiros ungidos, seguiam diretamente aos Céus quando morriam.

— Não é da sua conta, herege, o que acontecerá ou não com a minha alma. Mas não tenho mais o direito de viver no Paraíso.

— E nem por isso precisa seguir para o Inferno. Não sou o seu inimigo.

Sir Richard se levantou lentamente, buscando forças de sua própria vontade para não tombar novamente e poder ficar frente a frente com aquele homem que alegava não ser uma ameaça.

O cavaleiro percebeu que, mesmo portando uma espada

de lâmina curva e de aspecto maciço, o estrangeiro não possuía uma postura de guerreiro. Sem dúvida o mouro devia saber como usar aquela espada estranha que lembrava um sabre espanhol, mas o homem que carregava um olhar de sabedoria e cansaço lembrava mais a um erudito do que a um homem de armas. Sentindo que talvez não houvesse perigo em conversar com o invasor, Richard se sentou em uma cadeira que estava perto de si.

— Pois bem, sarraceno, diga-me o que faz aqui e vou decidir como devo tratá-lo.

— Agradeço pelo voto de confiança, sir. Chamo-me Omar Al-Hazir, oriundo da distante Andaluzia e vim assim que Alá me avisou que havia um homem bom em perigo.

— Alá? Este não é o nome do deus do seu povo? O que este Alá iria querer comigo? Que tipo de truque você traz para a minha casa?

— Entendo a sua hesitação e total falta de confiança. Mas Alá é a palavra que o meu povo usa para "Deus". Sei que cada um de nós adora a Deus de uma maneira diferente e O entende de seu próprio jeito, mas não tenho dúvida quando Este me diz que devo salvar uma boa alma.

— E como sabes que sou uma boa alma?

— É uma questão delicada e que vai tomar muito tempo. Enquanto estivermos caçando o Ifrit eu posso explicar melhor.

— Ifrit? O que diabos é um Ifrit?

— É o nome da criatura que o seu velho ancestral trouxe do Oriente para cá. Kafir, como a sua família o vem chamando, é um dos piores gênios que vivem em meio ao meu povo e precisa ser detido. Ainda mais agora que está solto.

Richard tentava compreender o que ouvia e principalmente como o estrangeiro poderia saber tanto de sua família. Para ele, a existência de Kafir era um segredo muito bem guardado dentro de sua casa há quase quatrocentos anos.

Omar Al-Hazir sorriu de forma tranquila ao ver como a face do homem que viera ajudar se contorcia enquanto este tentava entender o que se passava e, para espanto do cavaleiro inglês, começou a explicar todo o seu conhecimento como se pudesse ler os seus pensamentos.

— Tenha calma, sir. Sei que sua família mantém este segredo desde muito tempo, pois várias histórias são contadas a respeito de Whitecastle. Histórias que já chegaram a Londres e que, não duvido, logo chegarão às orelhas do Santo Ofício. O senhor não deveria confiar tanto assim na língua dos criados e criadas que já viveram sob este teto.

— Não posso acreditar que os plebeus que servem há tanto tempo minha família seriam capazes de tamanha mesquinhez.

— Mas eles são, meu lorde. Eles são. O meu povo vê com suspeitas estas bebidas fortes que o seu próprio povo aprecia com razão. A cerveja inglesa tem a fama de abrir a boca dos homens e, me perdoe pela indiscrição, as pernas das mulheres com facilidade. Eu mesmo não tive problemas para encontrar o seu castelo, mesmo este ficando tão no interior da Inglaterra.

— Malditos cães ingratos! Como puderam? Mesmo sabendo do mal que tal conhecimento poderia acarretar à minha família?

— Homens simples só pensam em comer, procriar e cuidar das próprias terras. Perdoe-me por criticar os costumes do seu povo, mas eles não são os melhores para o desenvolvimento de homens pensantes.

— E para que serviriam homens que podem pensar? Somos um país pobre, que depende do que a terra nos dá. Não temos tempo para filosofias e letras.

— Percebo que deduziste que sou um destes tipos. Peço escusas se isso o irrita.

— Me irrita quando o seu tipo é prolixo. Diga-me o que faz aqui. Como me encontrou e o que faz pensar que preciso de auxílio para lidar com Kafir.

Em resposta à provocação de Richard, o mouro apenas olhou à sua volta, parando em cada corpo e seguindo para o seguinte, carregando em sua face um sentimento de sincero pesar. O cavaleiro sentiu

# A CAÇADA DO PALADINO 79

que talvez aquele homem realmente estivesse ali para ajudá-lo e que, por conta disso, poderia estar faltando com a nobreza esperada de um homem como ele.

— Veja, Sir Richard. Eu fui enviado por Alá, como já confidenciei. Talvez a maneira como o único e verdadeiro Deus me revelou isso não seja apropriado de ser explicada neste momento. Mas, como eu já disse, o Ifrit, o gênio, deve ser parado e não creio que qualquer homem desta terra saiba como fazê-lo.

— E você sabe?

— Sim, meu lorde. Eu sei.

— Muito bem, por onde começamos? Não tenho nem ideia de onde aquele ser maligno pode estar neste momento.

— Primeiro eu vou curar seus ferimentos e depois vamos partir atrás de seu inimigo. Um bom começo é pensar sobre algo que ele deseja muito. Acredito que o lorde saiba sobre algum tipo de joia que o seu ancestral trouxe de Jerusalém e confidenciou aos descendentes que não deveriam entregar a Kafir.

— Sim, havia um objeto estranho, feito de ouro... uma lamparina, eu acho.

— Uma lâmpada, na verdade. Bem apropriado.

— Bem apropriado? O que quer dizer com isso?

— Nas histórias do meu povo, esses seres sempre estão presos dentro destes objetos. Mas vamos prosseguir. Sabes onde esta lâmpada se encontra?

— Deixe-me pensar... Sim, eu sei. Ela não se encontra mais aqui. Meu pai a vendeu. Para um judeu chamado Ibrahim, se não me engano, um tipo de latoeiro.

Naquele momento foi a vez de Omar demonstrar algum sentimento. O mouro se sentou em uma cadeira que estava ao lado da de Richard. Ele, que até então parecia disposto e pronto para buscar e acabar com o inimigo, pareceu derrotado pelas forças inconstantes do universo.

— O que houve, Mestre Omar?

— Muito obrigado pelo "Mestre Omar", Sir Richard, muito mais gentil do que "sarraceno" ou "infiel".

— Peço perdão se fui hostil com o senhor até o momento, mas, se entendi bem, devemos seguir em frente, em busca desta joia. Não pode desanimar agora, homem! Eu vou me arrumar e pegaremos a estrada.

— Fico feliz por ver que está novamente disposto, sir. Mas encontrar um latoeiro judeu vagando pelo interior da Inglaterra é o mesmo que conseguir encontrar uma agulha em um palheiro.

— Não fique tão desanimado, Mestre Omar. Eu conheço um pouco sobre este Ibrahim e a sua família. Sei onde um dos seus sobrinhos mais estimados vive. Podemos encontrar o homem.

— Que Alá nos abençoe, Sir Richard, temos uma chance! Assim que eu cuidar do senhor e o senhor cuidar dos seus, seguimos viagem!

"*Vamos caçar um Ifrit.*"

"*Estou procurando o irmão David.*"

O monge que atendeu a Sir Richard na porta de doações do mosteiro dos beneditinos apenas acenou com a cabeça e fez um gesto para que o nobre aguardasse do lado de dentro, sentado em uma cadeira simples de madeira.

— Por favor, sir, aguarde aqui enquanto procuro pelo irmão. Serei breve.

— Aprecio sua diligência, irmão.

O homem encapuzado e trajando vestes simples se afastou do nobre contornando uma horta que era cuidada por outros dois monges velhos e cansados. Sir Richard sabia que a Ordem de São Bento era famosa pela sua humildade e voto de pobreza, por isso não estranhou a falta de ouro ou prata naquele lugar.

Era algo pelo que sempre brigara com o padre do castelo. Não entendia a necessidade de tais adornos, mas aparentemente, para os homens da Igreja, o brilho de tais metais fazia com que Deus prestasse mais atenção em seus súditos.

Ao menos aquele lugar lhe trazia um pouco de paz, mostrando que a ganância vinha dos homens, e não do Messias.

— Sir?
— Pois não?
— Sou o irmão David. O

senhor veio me procurar, pelo o que me falaram.

— Sim, eu vim. Perdoe-me, o irmão me pegou distraído.

— Não se preocupe, sir. No que posso ser útil?

— Estou com pressa, por isso serei direto. Procuro o seu tio Ibrahim.

Sir Richard percebeu o mal-estar causado no rapaz ao ouvir o nome do seu parente. O nobre percebeu que o irmão procurou em suas vestes os sinais dos seguidores da Santa Fé, algo já esperado de alguém que provinha do Povo de Moisés, mesmo os convertidos.

— Meu tio? Espero que ele não tenha se metido em confusão.

— É uma longa história, irmão, mas, para encurtá-la, o seu tio tem algo que meu pai, o Barão de Whitecastle, lhe vendeu, uma lâmpada de ouro, e eu preciso recuperá-la. Ele lhe falou algo a respeito?

— Me falou algo, sim, meu senhor. Que o seu pai a deu para ele e pediu que levasse para bem longe, o máximo que pudesse. Prometeu um pagamento régio assim que ele cumprisse a missão.

— Pois bem, o irmão sabe para onde Ibrahim a está levando?

— Sim, porém acredito que a informação deixará o senhor irritado.

— Pois diga logo, irmão, e eu vou decidir sobre isso.

"Meu tio está indo para Amsterdã."

"Por que Amsterdã?"

Sir Richard mantinha o seu cavalo em um passo forte, seguido de perto pelo animal mais leve de Omar. A irritação em sua voz era evidente, mas ainda assim mantinha a postura compenetrada de sempre.

— Lá é uma terra tolerante, sir, principalmente em termos religiosos. Vários judeus vivem na cidade, assim como vários protestantes e até mesmo homens que não proferem nenhum tipo de fé.

— Heresia.

— Está acompanhado de um árabe, meu lorde. Talvez devesse praticar um pouco de tolerância com os outros povos.

— Eu tentarei, prometo. Aliás, o que significa o seu sobrenome, "Al-Hazir"?

— Significa "O Feiticeiro". Porém, o termo é impreciso. Eu sou um alquimista, na verdade. Espero que isto não ofenda ao senhor.

Sir Richard, que tinha para si que aquelas coisas eram todas iguais perante Deus e levariam seus praticamente para o Inferno, acabou deixando a irritação extravasar para aquele que o acompanhava naquela missão que tinha como sagrada.

— Que ótimo, um mouro que pratica magia. E eu sou aquele que o Santo Ofício busca. Muito irônico, imagino.

— Somos todos proscritos perante a sua Igreja, meu amigo. Mas eu, ao menos, tenho algo que lhe falta.

— O que me falta, mouro?

— Humildade.

— Repita.

— O senhor me ouviu. Humildade. Saiba que sou muito mais velho que o senhor e que estou nesta busca há muito tempo. A criatura que a sua família chama de Kafir já foi um dos servos de minha família. E da mesma maneira que ele agiu com os seus, ele fez com os meus ancestrais. Eu sou o oitavo Al-Hazir encarregado de encontrar e prender esta criatura de volta à sua prisão.

Percebendo que estava em falta para com o seu aliado naquele busca, Sir Richard deixou sua voz soar mais suave e resignada.

— Peço perdão. Desde que o mal tomou o meu castelo o senhor tem me ajudado e eu, em contrapartida, tenho o perseguido por suas crenças.

— Não seja tão duro consigo, sir. Talvez Deus tenha amarrado os nossos caminhos para que possamos fazer algo bom em Seu nome, não importa a face que mostre ao mundo.

— Concordo, Mestre Omar. Vamos fazer a Sua obra, cada um à sua maneira.

— Por certo que sim. Veja, estamos chegando à costa. Aqui tem uma doca usada por piratas, conheço uma ou duas pessoas que me devem nesse lugar. Sir, procure uma taverna para passar a noite enquanto eu cuido dos negócios; se Deus quiser, estaremos no mar antes do amanhecer.

"*Só não arranje confusão.*"

"*Mais uma caneca de cerveja, por favor.*"

Sir Richard se mantinha na parte mais escura da taverna e estalagem, o que significava que estava longe do fogo e da fumaça que enchia um dos lados da construção rústica e escura por conta de toda a fuligem liberada pela fogueira.

A garçonete, uma garota com no máximo quatorze anos, tentava se oferecer para o homem da armadura vermelha que, ela pressupunha, deveria carregar muito ouro.

— O senhor não quer mais alguma coisa além da cerveja, meu lorde? Talvez alguém para esquentar a sua cama esta noite?

— Não desejo, criança, ainda mais com alguém com a idade para ser a minha filha. Agora busque a minha cerveja, por favor.

A garota percebeu que insistir seria perder tempo e por isso recolheu a caneca vazia sobre a mesa de madeira com desenhos indecorosos raspados no tampo e se retirou para o fundo da taverna, logo seguida pela mulher que ajudava a servir os fregueses.

Mais uma vez tendo um tempo para pensar, o nobre começou a fazer planos para encontrar Ibrahim antes do Ifrit. Com certeza o judeu ainda estaria no meio do caminho para Amsterdã e, crendo que o homem iria continuar a manter a sua profissão de latoeiro e vender para quem pudesse encontrar em sua jornada, levaria alguns dias para alcançar aquela cidade tomada de novos cristãos.

A mente de Richard vagava sobre um mapa que Omar deixara com ele para ir planejando qual caminho tomar quando uma voz fina e anasalada soou ao seu lado.

— O senhor terá problemas se continuar aqui.

Richard se virou para a figura que se encontrava de pé ao seu lado. O homem usava uma vestimenta batida de couro com algumas peças de armadura protegendo partes diferentes do corpo, o que era conhecido como "armadura de corvo". Em sua cintura carregava uma espada curta e uma adaga.

O nobre, sem pensar duas vezes, sacou uma adaga e posicionou a ponta sobre a virilha do intruso.

— Pois bem, meu homem, diga o que quer e vá embora antes que eu resolva que o mundo já está cheio demais de ratos e que farei uma boa ação para a cristandade impedindo que mais alguns nasçam.

— Meu caro nobre, seria um grande infortúnio se por acaso eu perdesse minhas joias aqui, esta noite. Filhos, já tenho muitos por aí, apesar de que não desejo me proclamar pai de nenhum deles. Quanto ao que eu quero, é algo bem simples. Eu quero ir com o senhor nessa viagem que parece estar planejando. Me leve junto e eu mostrarei o melhor meio de sairmos daqui sem chamarmos a atenção do resto da taverna. Neste momento a menina está contando para a mãe uma história incrível de como o nobre da estranha armadura rubra a assediou e lhe falou profanidades, e em seguida a mãe vai alertar o pai, dono do lugar, que vai usar o fato de que cada rato que aqui está bebendo nesse momento lhe deve para atirar a plebe contra o senhor, para que, com muita sorte, consiga ficar com os seus espólios. Aconselho, portanto, irmos sem delongas.

— Pois bem, vamos embora daqui, já não estava gostando mesmo desse lugar. "A cerveja deles tem gosto de mijo de rato."

"Me chamo Alfred."

Omar não se sentiu muito feliz em levar um terceiro integrante na empreitada que havia à frente, mas, considerando que Sir Richard era irredutível quando dava a palavra a alguém, teve que concordar em arranjar uma passagem para o ladino na embarcação que os levava para o outro lado do Canal da Mancha.

O árabe conseguira muitas informações; já sabia como o Ifrit se parecia e que tinham pouco tempo antes que este alcançasse a sua lâmpada e sua liberdade plena sobre a Terra.

Agora só faltava saber como conseguiriam evitar o pior.

— Alfred é o nome de um rei, sabe disso?

— Sim. O homem que uniu nosso povo e criou a Inglaterra.

— Uma bela história.

— De fato.

— E qual o seu sobrenome?

— Veja, Sir Richard, não tive a sorte de conhecer o meu genitor. Mas, se quiser me chamar de algo a mais, pode usar o nome que me puseram por desdém.

— Que é?

— Alfred Mãos-Leves.

— Fico imaginando por que os seus inimigos lhe puseram um nome tão injurioso.

— Infelizmente, a vida é cruel para pessoas como eu, que precisam se virar nas ruas para viver até o próximo dia.

— Pois podemos precisar de uma pessoa como você agora. Precisamos encontrar rapidamente um sujeito chamado Ibrahim.

— Ibrahim, o latoeiro judeu?

— Sim, o próprio. Você o conhece?

— Conheço, sim. Vende ótimas panelas, pelo o que dizem.

— Você pode encontrá-lo?

— Farei o meu melhor. Assim que chegarmos ao porto vou conversar com alguns amigos que vivem lá no continente.

— Pois bem. Mas saiba que vamos enfrentar algo terrível, uma criatura feita de pesadelos. Terá estômago para isso?

— Acredito que sim, meu lorde, contando que eu possa ganhar algo de valor no processo que me ajude na viagem para Amsterdã.

Omar sorriu por conta da cobiça do homem e da expressão de desdém de Richard.

— Escute, amigo, o que acha de dez dobrões?

— Acho maravilhoso, mas eu só acredito vendo, sarraceno. Espero que perdoe minha falta de confiança em sua raça.

— Entendo perfeitamente. Aqui está.

O árabe retirou de uma das dobras de suas vestes uma pequena sacola que parecia pesada. Ao entregar ao rufião, este a abriu com discrição, pegou uma das moedas que estavam lá dentro e a mordeu, satisfeito.

— Senhores, podem contar com os meus serviços.

— Tenho a certeza que sim, rapaz. *"Pois esse ouro vai te amaldiçoar se nos trair."*

*"Eles viram o judeu seguindo para a França."*

Richard não sabia se sentia raiva pelo homem ter mentido para o pai ou se pelo fato de ter que mudar todos os planos que fizera desde que começara a travessia a navio para o outro lado do Canal da Mancha.

Alfred Mãos-Leves olhava para os homens esperando ver algum sinal de que estava dispensado dos seus serviços.

— Pois bem, posso seguir caminho agora?

— Tem certeza que não quer seguir conosco? Talvez seja uma maneira de você se redimir perante o nosso Salvador.

— Eu farei isso na hora certa, mas neste momento Amsterdã me espera. Sinto muito, senhores, não sou um guerreiro, afinal de contas. E que eu poderia fazer contra essa fera que buscam?

Tenham uma boa sorte.

Enquanto o ladino se afastava, Richard e Omar apalparam todos os seus bolsos para terem certeza de que nada fora perdido ou levado. Aliviados em perceber que os seus pertences estavam nos seus devidos lugares, selaram os seus cavalos e se puseram a seguir com pressa pela estrada que marcava o caminho para o interior da França.

A velha estrada romana já estava bem gasta e várias partes lhe faltavam por conta da retirada das pedras que serviam de pavimento pelos plebeus, que as usavam na construção de suas próprias casas e currais.

Ainda assim, era possível avançar de maneira rápida, parando de vez em quando para perguntar sobre a passagem do velho latoeiro.

Cerca de duas horas de viagem a cavalo foram suficientes para indicar que o pior ocorrera. Uma carroça se encontrava destroçada na beira da estrada, retirada pelos viajantes para permitir o fluxo contínuo de outros veículos que levavam palha ou madeira. Um pangaré já bem velho e gasto jazia ao lado da carroça.

— E agora, Omar? Kafir já deve estar com sua lâmpada.

— Tenha calma, meu amigo. Deixe-me ver uma coisa.

O árabe se aproximou do animal morto e o tocou, depois se agachou e começou a conferir os ferimentos usando estranhas ferramentas de metal.

— O animal morreu há pouco tempo, menos de uma hora. Considerando que o corpo do judeu não está aqui, talvez ele tenha fugido para dentro da mata.

— Devemos adentrar atrás deles, então?

— Não temos escolha, temos?

Sem perder tempo respondendo, Richard só esperou Omar montar o seu cavalo e ambos seguiram para o meio da densa floresta. Os dois permaneciam atentos, pois aquele era um lugar excelente para bandoleiros montaram tocaias contra viajantes desavisados que resolvessem entrar na mata em busca de abrigo.

Mas não precisaram entrar muito na floresta para se depararem com o que buscavam. O Ifrit já não via motivos para se esconder dos olhos mortais. Sua aparência era maléfica: uma criatura de pele vermelha e olhos negros, suas mãos terminavam em garras afiadas e suas pernas tinham o aspecto de pernas de gafanhoto, compridas e tortas.

— Vejo que meu novo mestre veio me proclamar. Chegou tarde, não terei mais nenhum mestre.

Para acentuar as suas palavras, o ser demoníaco levantou a carcaça do judeu que carregara a sua lâmpada. O homem estava destroçado e em sua face ainda era possível ver sinal de que gritara até o momento da sua morte.

— Não vim reivindicá-lo, demônio. Vim para vingar o meu pai e para varrê-lo da Terra!

Richard se preparava para realizar um ataque em carga contra seu inimigo, mas foi detido por Omar, que segurara a rédea de seu cavalo.

— Espere, não vamos conseguir derrotá-lo assim. Só há um jeito. Eu preciso ir primeiro.

— Mas esse pode ser o seu fim! Não és um guerreiro, Mestre Omar, esta é a minha tarefa.

— Sim, mas apenas com o encanto certo essa criatura ficará vulnerável. E como em tudo no universo existe uma troca equivalente, um sacrifício deve ser feito.

Resignado, Richard se manteve atrás de Omar enquanto o velho alquimista se aproximava com uma estranha faca de lâmina retorcida até o Ifrit. A criatura parecia pronta para pular sobre ele e abatê-lo, mas, antes que pudesse, o árabe cortou a própria mão e com sangue desenhou uma marca na própria testa.

— Eu proclamo que volte para a carne deste que já foi o seu ancestral. Venha até a mim, meu filho. Volte para o seu lar, o meu coração.

Confuso, Sir Richard observou o Ifrit gritando de ódio enquanto o seu corpo se fundia ao de Omar. Pouco tempo depois, o ser havia sumido e só restava um homem muito velho, de cabelos e barba brancos, mal conseguindo permanecer de pé.

— Agora deve fazer a sua parte, meu amigo. Enquanto está dentro de mim, a criatura ficará vulnerável. Trespasse-me com sua lâmina e faça justiça.

— Não posso matá-lo. Seria errado.

— Não é, meu amigo. É a vontade de Alá. Finalmente consegui realizar os desígnios de nosso Pai. Por favor, me ajude a ir para o meu sagrado descanso.

Sentindo as lágrimas correndo sobre o rosto, Sir Richard fechou os olhos e desferiu o golpe de forma que a morte fosse breve e indolor. Omar se deitou ao chão com um sorriso em seu rosto agradecido.

O nobre olhou durante um bom tempo para o corpo do árabe, tentando compreender os mistérios que permaneciam. Enfim, sem encontrar as respostas, se contentou em enterrar aquele que ajudara a resgatar a sua honra e seguiu solitário.

Em sua algibeira, carregava a lâmpada que um dia já fora mágica.

# A Bruxa

## MARINA MAINARDI

— Bom dia, senhor. Ouvi boatos de que há uma bruxa nas redondezas. É esta a cidade?

Sem tirar os olhos da pequena escultura que entalha na madeira, o velho sentado na varanda resmunga algo em resposta. Após breve hesitação, o rapaz desmonta do cavalo e se aproxima da casa, pedindo que, por gentileza, repita o que disse.

— Perguntei por que quer saber — responde sem olhar para cima.

— Imagino que a cidade precise de ajuda.

— Por quê? Tá oferecendo, menino? — O tom de deboche dá lugar a uma risada seca que termina em tosse.

— Me chame de Alan — diz com um curto aceno de cabeça. — E se estiver, de quanto valeria a minha ajuda?

Nisso, o senhor ergue a ponta do chapéu de palha e larga a escultura no colo — algum tipo de animal começa a tomar forma, talvez um lobo ou algum felino. Ele aperta os olhos e examina o rapaz de cima a baixo. Roupas gastas, mas de qualidade, feitas para resistir a longas jornadas. Adaga à mostra na cintura, com certeza outras armas escondidas no casaco ou na sacola que o cavalo carrega. Com uma pequena bufada, diz:

— Não a nossa gratidão, percebo? Se é dinheiro que procura, menino, teremos algo caso volte vivo.

Com um sorriso contido, Alan apoia um cotovelo no corrimão gasto da varanda e pede que lhe informe sobre a bruxa. Recostando-se na cadeira, que estala tanto quanto suas próprias juntas, o velho explica as dificuldades que a vila tem passado. Suas safras estão secando, os animais adoecendo. Até a água começa a escurecer e ter gosto de podridão. Se nada for feito, logo não terão o que comer ou trocar com as cidades vizinhas. Seu tom é resignado e seu rosto, sem expressão.

De fato, Alan viu a degradação em seu caminho para a cidade. Ele comenta, passando a mão no queixo, que até seu cavalo tentou evitar a trilha e voltar por onde vieram. Com uma área tão grande afetada, ainda mais em uma região rica em matas fechadas, procurar pela bruxa poderia levar dias. Sem muita esperança, pergunta se algum morador pode ter ideia de onde encontrar a feiticeira.

— Atrás do templo — sem se levantar, o senhor aponta com a faca de entalhe em direção a uma grande estrutura de pedra mais adiante — há um cemitério. E, atrás dele, você vai ver uma trilha pra dentro da floresta. Siga até cruzar o córrego. É bem raso.

Alan, surpreso pela resposta imediata, apoia os dois braços no corrimão e se inclina em direção ao homem, perguntando se ele já esteve lá. Dando de ombros, o sujeito explica que algumas pessoas levam mantimentos até a casa quando a bruxa solicita. Recusar tal pedido não é do interesse de ninguém, então toda semana é enviada uma cesta cheia.

Balançando a cabeça devagar, Alan o parabeniza e se diz muito impressionado com a coragem dos cidadãos. Forçá-los a lhe entregar oferendas é algo desonroso ao extremo, e irem desarmados até o covil de uma bruxa não é tarefa para covardes. Mesmo sem motivo para atacá-los, a proximidade de seu covil já pode causar doenças; ele mesmo conhece homens cujos amigos perderam a sanidade só de olhar uma nos olhos. Endireitando as costas, pergunta se é logo depois do córrego que a encontrará. O velho dá de ombros mais uma vez e diz que provavelmente sim.

— Como "provavelmente"? — Gesticula exasperado com as mãos — Já esteve lá ou não?

— Geralmente ela está lá. Às vezes não. Se não estiver, só ande mais um pouco.

O rapaz ri do comentário, mas o riso some de seu rosto ao ver a expressão séria do outro. Ele limpa a garganta e continua:

— Bom, vocês podem preparar um banquete! Até a noite, terei dado um fim a tudo que aflige a sua cidade!

— Espero que sim — resmunga no mesmo tom não impressionado, enquanto continua a entalhar seu pedaço de madeira.

Com uma pequena saudação, Alan se volta em direção ao cavalo, que não atreveu a mordiscar a grama seca. Faz menção de montar, mas muda de ideia — Tabby está inquieta, e ser derrubado pelo próprio cavalo em frente ao aldeão não é uma opção.

Em vez disso, pega as rédeas e caminha devagar até a estrutura de pedra na borda da mata. Seus passos largos elevam um pequeno rastro de poeira da terra seca.

Ao chegar perto o suficiente, não contém sua admiração e assovia devagar. Os pilares do templo são esculpidos como troncos de árvores que ascendem por vários metros até a junção de suas copas, que formam o teto. Pequenos animais adornam a composição: esquilos, macacos, aves, insetos, todos esculpidos com tamanho detalhe que pareceriam vivos não fosse pela uniformidade cinzenta da pedra. Como que para aumentar a ilusão, musgos e trepadeiras crescem pelos pilares acima, dando a impressão de que a madeira é real.

Alan estica a mão livre e encosta a palma aberta na superfície entalhada, a deslizando para sentir a fria aspereza da rocha. Olha ao redor em busca de uma entrada, mas não é necessário. Não há paredes, com exceção de uma cerca viva nos fundos. Com uma pequena abertura central adornada por flores brancas, Alan supõe que seja esta a entrada para o cemitério.

Atravessa o templo e para em frente ao grande altar central: algo que se assemelha a uma mesa comprida, cheia de pequenas oferendas como velas coloridas, frutas e arranjos de flores secas. No centro da mesa, ergue-se algum tipo de mural, onde se cultuam imagens antigas e erodidas pelo tempo. Nelas, figuras sem face observam os aldeões. Ora brotando do chão, ora descendo dos céus ou emergindo das águas. Protegendo, punindo, guiando.

Nascido no Norte, Alan começou sua jornada costeando as vastas áreas abertas do litoral Leste — em sua maioria, comunidades pesqueiras tendo problemas com sereias, dragões d'água e demônios de areia, cultuando os deuses do mar. Nos terrenos rochosos do Sudeste, encontrou adeptos das religiões do Sol e da Lua e suas mais variadas vertentes — lá caçou harpias, gigantes de pedra e seu primeiro lobisomem.

Com todas suas andanças, viu terras longínquas e conheceu povos de todas as crenças. A única coisa que todas parecem ter em comum até então, seja como um ensinamento consagrado ou como um fato tão natural que não necessita ser dito, é a importância dos nomes. Nomes têm poder. Saber o nome de certas criaturas lhe dá algum tipo de vantagem sobre elas. Com fadas, controle total; demônios, capacidade de conjurá-los e bani-los à vontade; divindades já não são tão simples, mas mesmo elas têm limitações ao serem nomeadas. Pelo mesmo motivo, "Alan" não é seu nome real. Aqueles que desejam perseguir uma vida de aventuras aprendem cedo a nunca darem seu nome — ou a aventura será de fato bem curta.

Este é seu primeiro contato com as culturas do Sul, das quais ouviu apenas histórias sombrias de outros viajantes. Examina seu entorno — mural, pilares, teto e de volta ao mural — com uma sensação desagradável se formando na boca do estômago. Percebe que se sente incerto pela primeira vez desde que deixou a própria cidade há tantos anos. A julgar pelo que vê, essa parte do mundo tem deuses sem nome.

— O que acha?

A pergunta suave vinda de trás o faz pular, e ele vira a cabeça enquanto uma mão cai automaticamente para sua cintura, agarrando apenas o ar onde um dia esteve o punho de sua espada. A dona da voz é uma jovem de cabelo preso e roupas de trabalho — botas gastas, calças sujas de terra até o joelho, mangas compridas protegendo do sol forte. Ela espera a alguns passos de distância, ambas as mãos nos bolsos, observando-o com olhar amigável. Com um riso, pede desculpas e diz que não pretendia assustá-lo. Apresenta-se como Marta, a filha do senhor com o qual Alan conversou ao chegar. Disse que veio a pedido do pai, que aconselhou levar o cavalo para os estábulos.

O aventureiro estava tão impressionado com os detalhes intricados da decoração e com a curiosa falta de paredes que, sem se dar conta, acabara entrando no templo com Tabby e com suas armas. Em diversos lugares isso é considerado uma grande ofensa aos cidadãos e aos deuses, passível de punições. Alan, ao perceber sua falta de educação, desculpa-se. A jovem sacode as duas mãos no ar em um gesto apaziguador e diz:

— Não, não se preocupe. Ela é bem-vinda ao templo. Mas a experiência nos diz que é melhor não a levar na trilha.

Aliviado, Alan assegura que entende e concorda ser mais seguro ir a pé. Agradece o conselho fazendo uma pequena cortesia, inclinando um chapéu imaginário. Marta garante que ela própria se encarregará de levar Tabby, com certeza de que será bem cuidada. Quando a moça não faz menção de ir embora, Alan aproveita a oportunidade e se volta para o mural, comentando que nunca vira algo assim. Seu tom é algo entre perplexo e maravilhado; ele abre a boca para continuar, mas a frase morre antes mesmo de começar. Sente que quer perguntar algo, mas não sabe o quê.

— Estes são os antigos deuses da terra — Marta explica com a voz baixa e reverente. — Entidades que existem em todos os elementos, conectados a todas as coisas vivas e mortas. Eles dependem da natureza como a natureza depende deles, e estar em harmonia com os deuses significa saúde e prosperidade. Nossos animais fortes, plantações crescendo... solos férteis e água fresca.

— O que aconteceu, então? — pergunta, franzindo a testa. — É a bruxa que os influencia?

— Bom, é como eu disse. Eles se conectam às coisas vivas. Mas o que você chama de "bruxas" são pessoas cuja conexão com a natureza é muito mais forte do que nós entendemos... O que traz uma conexão mais forte com os deuses. — Ela pausa e dá de ombros. — Acho que elas simplesmente podem oferecer coisas que nós não podemos.

Ele balança a cabeça em concordância, observando o mural pensativo. Como alguém é capaz de trazer tamanho sofrimento para um povo, e em troca de algo tão simples como mantimentos e oferendas? Seria pelo poder? Saber que tem uma cidade inteira em suas mãos? E o que ela pode oferecer aos deuses que os convence a destruir seus adoradores? Por via de regra, Alan sempre prefere saber no que está se metendo, entender contra quem vai lutar. Mas, no fim das contas, o que importa é acabar com o flagelo, seja lá o que for. Uma cidade arruinada não paga recompensas.

Pelo jeito que aborda o assunto, Marta parece saber do que está falando. Ele faz essa observação em voz alta e vê um sorriso triste aparecer em seu rosto. Inclinando a cabeça para o lado e franzindo a testa, pergunta se já passaram por algo do tipo.

Sem dizer nada, Marta solta as rédeas de Tabby — que bufa baixo, mas continua no lugar — e dá a volta ao redor do altar. Ela aponta com o queixo para uma das imagens e olha para Alan com uma expressão ilegível. Erguendo uma sobrancelha, ele a segue devagar e acompanha seu olhar até uma das gravuras na pedra.

— É assim que deve ser feito — murmura a moça.

As cores estão quase apagadas e uma pequena rachadura atravessa a ponta inferior direita do painel, mas a figura permanece clara: um homem, vestido com uma armadura antiga, empunha com ambas as mãos uma espada suja de sangue. Ao seu lado, ajoelhada na grama, está uma mulher com os braços estendidos em direção ao chão e cabeça inclinada para trás — de sua garganta, saem manchas marrons que um dia foram de um vermelho vibrante.

Alan suprime o arrepio que lhe sobe pela espinha. Ao longo de sua jornada, lidou com criaturas muito mais perigosas do que uma mulher que vive na floresta. Criaturas com dentes afiados, sedentas por sangue ou cuja saliva queima como ácido. Ele culpa apenas a falta de familiaridade com a região e costumes locais, ou talvez tenha se abalado com a estranheza de seus deuses... Mas o olhar daquela mulher, o encarando imóvel de seu lugar na pedra rachada, parece lhe ameaçar. *Estou esperando*, ela provoca em sua cabeça, *já sabe onde me encontrar*.

Quebrando o silêncio, Marta pede licença e informa que deve voltar ao trabalho. Alan solta uma respiração que não percebeu que estava prendendo e agradece mais uma vez pela ajuda. Observa conforme ela vai até Tabby, ao redor do mural, pega as rédeas e vai embora. Ambos trocam acenos antes que Marta saia de vista em direção a onde Alan presume que sejam os estábulos.

Não pode negar que tem certa dificuldade em tirar os olhos da imagem, mas enfim o faz e procura a verdadeira entrada do cemitério. Em apenas alguns metros de distância, a cerca viva forma um tipo de parede dos fundos para o templo. A "porta" — galhos curvados formando uma passagem — é decorada por trepadeiras verdes, ainda que meio secas, e pequenas flores brancas.

Alan para logo ao atravessar a passagem e olha ao redor, vendo inúmeras flores coloridas com botões esperando para abrir. Imóvel nesse lindo jardim, pouco afetado pela seca, sente-se certo de que está no lugar errado. Quando está prestes a se virar para sair do templo e dar a volta pelo lado de fora, repara na disposição dos canteiros de flores no jardim, plantados lado a lado em fileiras equidistantes. O aventureiro percebe que ali estão as covas.

Isso é algo que nunca ouviu nas histórias. Deuses sem nome, cemitérios sem lápides. Serão costumes do Sul inteiro ou peculiaridades dessa cidade? Faz uma nota mental de perguntar para Marta mais tarde, de preferência com vinho, na festa que espera ter em sua homenagem. Alan ignora a sensação de despreparo que ameaça minar sua confiança e atravessa o gramado em direção à borda da mata.

Não demora a encontrar a abertura que leva à trilha. É discreta, quase escondida por alguns galhos que pendem no ar, mas a ausência de plantas rasteiras entrega o local. Alan ergue os galhos com uma das mãos e aproveita para tirar do caminho uma planta com longos espinhos curvos. O trajeto é estreito e traiçoeiro, com pedras e raízes escondidas na terra escura, prontas para fazê-lo tropeçar. A floresta ao redor é fechada, mais densa do que esperava ao olhar de fora. Folhas roçam em seus braços ao caminhar, espinhos prendem em suas roupas, e plantas penduradas sobre sua cabeça lhe batem no rosto. Agora entende por que vir a cavalo seria impossível.

Pouco sol atravessa a copa das árvores — pequenos feixes de luz dão um tom quase dourado ao verde vibrante. Em certos pontos, o microclima formado pela vegetação o faz quase sentir frio, apesar do calor que pesa sobre o campo aberto de onde veio. Quanto mais adentra a floresta, mais forte se torna o cheiro de umidade. Alan se ajoelha um momento e mexe na terra. Sua mão, assim como o joelho de sua calça, sai molhada e suja com um solo escuro e fértil. A própria vegetação é de um verde rico e saudável, muitas plantas desabrochando em flores coloridas. Ainda não viu nenhum animal, mas o som de insetos e aves é cada vez mais presente. O contraste com as terras moribundas de fora é gritante.

O som de água corrente indica que está no caminho certo, então acelera o passo até alcançar a borda do córrego. São apenas uns dois metros de largura e parece bem raso, como o senhor lhe afirmou mais cedo. Ainda não enxerga a casa de onde está, mas sabe que está próximo. Redobra a atenção e deixa a mão descansar sobre o punho da adaga em seu cinto. Não pela primeira vez — e algo lhe diz que não será a última — sente falta de sua espada, que foi forçado a entregar a um duende em troca de passagem segura através de um pântano. Era isso ou ser devorado por sanguessugas gigantes, e duendes gostam de coisas brilhantes.

Alan anda devagar nas pedras cobertas de limo, a água batendo abaixo dos joelhos. Pisa em falso e quase escorrega uma vez, mas retoma o equilíbrio e não molha mais do que suas botas. Apoia-se em uma árvore na borda do córrego e examina seus arredores enquanto sacode uma perna depois a outra, tentando tirar o excesso de água. Tamborila os dedos na casca da árvore e franze a testa — só pode ser aqui, era a única trilha.

Segue adiante com mais cuidado, os passos leves para evitar ruídos. O caminho fica cada vez menos visível; grama cresce onde antes era terra escura e a mata fecha no corredor já estreito. Prestes a quebrar um galho que obstrui sua passagem, o aventureiro sente uma brisa carregar o forte aroma de ervas e lenha queimando. Olha para trás, para a direção do vento, e congela por um segundo. A poucos metros da água, por onde acaba de passar, há uma pequena casa de pedra cuja superfície é quase toda coberta por musgos. Do telhado, que parece feito de folhas verdes e macias como plumas, ergue-se uma pequena chaminé torta, de onde sai uma fina nuvem de fumaça. Na parede lateral há uma janela de madeira, mas o interior é escondido por uma grossa cortina colorida.

Alan se dirige para a casa e empunha a adaga — não ouve nenhum som além dos da floresta, mas não acredita que esteja de fato sozinho. A alguns passos de distância, examina a entrada: dois degraus de pedra levam a uma pequena varanda com uma cadeira de balanço e uma mesinha vazia; ao lado, a porta de madeira está entreaberta. Ele sobe devagar e usa o pé para empurrar a porta, que abre com um rangido. Nada acontece. De olho nos cantos e nas laterais, entra na casa. Na parede oposta à porta, identifica a origem dos cheiros — um pequeno caldeirão, cheio de ervas em água fervente, está pendurado sobre a lareira. Sob a janela que viu de fora, há uma cama cheia de cobertas e, ao lado, uma mesa de cabeceira. Logo acima, prateleiras estreitas exibem velas, flores trançadas e pequenos animais de madeira.

Com o barulho da porta abrindo e batendo violentamente na parede, um vento repentino circula dentro da casa e todas as velas acendem ao mesmo tempo. Dando um passo para trás enquanto gira o corpo em direção à entrada, Alan se depara com uma figura encapuzada parada em frente a ele.

— Entrar sem ser convidado — diz a mulher, uma mão saindo da capa verde escura para baixar o capuz — não parece atitude de um herói. Meio indelicado.

Ela retira a capa e a pendura em um cabide de madeira ao lado da porta, junto a um chapéu e um lenço. Alan, que esperava uma criatura feia e corrompida, de pele pegajosa e usando apenas trapos, a encara com os olhos semicerrados. Pelo visto, a cidade ainda não terminou de surpreendê-lo.

Com a voz firme, tentando passar uma confiança que não sente, Alan pergunta se ela é a bruxa que atormenta a cidade. A moça, com uma bata leve e calças simples, carrega uma cesta cheia de cogumelos para o banquinho perto do fogo. Mal passando os olhos pelo homem em sua sala, ela suspira e comenta como quem fala sobre o tempo:

— Enviaram você, então?

Ela usa uma colher de pau para mexer na água fervente do caldeirão. Perturbado pela calma da mulher, Alan afirma que completará a missão e sugere que ela não resista. Ela concorda com a cabeça enquanto pega do chão um copo de madeira. Alan dá um passo cauteloso em sua direção e pergunta seu nome. Pela primeira vez desde que entrou na casa, ela olha direto em seus olhos, como se estivesse lendo a sua mente, e sorri. Alan sente a vaga memória de ser encarado do mesmo jeito por uma quimera.

— Vocês de fora... Não uso nomes. Eles restringem.

— Após uma pausa tensa, pergunta: — Já sabe o que fazer?

Com rapidez inesperada, a bruxa corre porta afora. Alan reage de imediato e a segue sem pensar. Ele desce os degraus de pedra da varanda em um pulo só e, em poucos passos, puxa-a pela roupa e a agarra por trás. Antes que ela tenha a oportunidade de se libertar, Alan ergue a adaga para seu pescoço e puxa o braço em um movimento limpo e certeiro. O braço que ainda a segura pelo torso é coberto pela sensação úmida e quente do sangue escorrendo. Ele solta o corpo, que cai para o lado com um baque surdo.

A impressão de movimento aos seus pés o faz olhar para o chão, e observa por alguns segundos para entender o que vê. A grama ao seu redor está crescendo mais alta e mais verde. Alan larga a adaga no chão e se abaixa, limpando a mão ensanguentada na vegetação. Nos pontos exatos onde faz isso, as folhas se movem — em todos os lugares em que o sangue foi derramado.

Vindo de trás, Alan ouve um som áspero e molhado que lhe embrulha o estômago. Levanta-se ao mesmo tempo em que olha para a origem do som, e cambaleia quando dá alguns passos involuntários para trás — a bruxa, já ajoelhada no chão, ergue-se devagar até ficar em pé. Seus ombros tremem, e Alan percebe que ela está rindo. Até agora segurava o copo de madeira em sua mão. Ela o leva até a fenda em seu pescoço e o enche até a borda com o sangue escuro que escorria devagar.

Alan observa boquiaberto e hesita em tirar os olhos da cena até que sua mente grita para que reaja. Ele dá um passo à frente para alcançar a adaga, mas mal tira o pé do chão e sente algo o prender. Antes que possa sequer olhar para baixo, seu outro tornozelo também é envolto, o que o leva a cair de joelhos e ser arrastado com o rosto pela grama, por cima da poça de sangue.

Amarras fortes se enrolam também em seus pulsos e o viram de barriga para cima. Alan cospe para o lado, tentando, sem sucesso, se livrar do gosto metálico que tem na boca. Seus membros estão imóveis, presos pelo que parecem raízes de árvores. Ele volta seu olhar para a bruxa, parada a alguns metros. Por um momento pensa que o corte foi curado, mas percebe que simplesmente não há mais sangue para correr. O rosto dela, pálido como a própria morte, contrasta com o vermelho vibrante que mancha suas roupas.

Ela começa a circundar o aventureiro, marcando o chão com o sangue do copo. Sem resultado em sua luta contra as amarras, ele exige ser solto e diz que jamais será enfeitiçado ou forçado a beber suas poções. A bruxa volta da figueira próxima à cabeça de Alan, onde desenhou estranhos símbolos com o sangue, e comenta com a voz rouca e rasgada:

— Você não será enfeitiçado e não precisará beber nada. Isso — ela gesticula com o copo, agora quase vazio — é pros deuses antigos. E você também.

A mulher se inclina para baixo e leva um dedo sujo de sangue ao rosto de Alan, desenhando em sua testa o mesmo símbolo da figueira. Como que não ouvindo seus protestos, ela senta na grama de pernas cruzadas, se recosta na árvore e fecha os olhos.

Folhas farfalhando e galhos estalando são os únicos sons por alguns segundos, e Alan prende a respiração quando percebe: não há vento algum. Sem poder mover os braços, ele faz o possível para olhar para trás — estica o pescoço, de modo que consegue ver a mata de cabeça para baixo. Algo se move. Alan arregala os olhos e tenta gritar, mas nada sai de sua garganta. Uma criatura esguia se destaca da figueira com um estalo, ela própria feita de casca de árvore, líquens esverdeados crescendo pelo que seria sua pele. Seu rosto sem face parece encarar Alan com interesse. Um membro comprido e tortuoso como um galho se estica até encostar em seu peito, e gavinhas brotam da extremidade e rastejam pelo seu torso. Alan grita de dor.

Quando os berros param, a bruxa abre os olhos e levanta de onde deitava na grama. O deus se foi, e levou consigo o sacrifício.

— Tudo correu bem?

Vira-se em direção à voz e vê Marta apoiada na parede da casa, braços cruzados em frente ao peito.

— Sim. Ele era saudável. Me sinto renovada!

— Bonito, também.

— Marta pisca um olho, fazendo-a sorrir. — Desculpe termos demorado tanto pra mandar alguém. Ano que vem não será tão em cima da hora pra colheita.

A bruxa garante que não há motivo para se desculpar, afinal, o ritual correu conforme o planejado. A mulher desequilibra-se ao juntar do chão a adaga suja e a leva para dentro. Depois de limpa, será útil para cortar os cogumelos — a outra faca está sem fio. Marta a segue para dentro e, pendurando o casaco no cabide ao lado da porta, comenta que é melhor tomar um banho para tirar as manchas de sangue. O banquete dessa noite já está sendo preparado.

# A Enseada Abissal

## RODRIGO B. SCOP

Neshad encarava a água escura enquanto a frota se aproximava de um enorme promontório. A costa era guardada por uma vastidão de rochas, e as embarcações mantinham distância, deslizando no mar com as velas infladas pelo vento. Cada um dos cinco navios era independente, com capitão e tripulação atraídos por lucro, renome e aventura. Neshad não liderava qualquer dos barcos, mas era o idealizador da jornada. O coração batia ansioso com a chance de realizar um sonho. Empoleirado na figura de proa no formato de um cavalo-marinho, respirava a umidade salgada do mar e aguardava a desejada Enseada Abissal aparecer.

Na popa do Gaivota Brava, o capitão Gardoy conferenciava com alguns marujos, enquanto outros observavam a água ao redor do navio. O receio estampava seus rostos. Desejavam o prêmio, mas temiam a morte. Eram homens simples de habilidade razoável com armas em punho, todos cientes de que suas adagas, espadas e lanças talvez não fizessem diferença contra o próximo adversário. Neshad, entretanto, estava em paz com o risco vindouro. Não dependia de lâminas comuns, considerando-se um combatente superior em razão de suas habilidades arcanas. Todas as suas escolhas, treinamentos e sacrifícios apontavam para o desafio.

Ele olhou para o leste, para o sol subindo atrás da frota, e começou a cantar. A história aprendida em suas viagens pelo Mar Dourado era triste e heroica, e a tripulação fez coro com sua voz suave e compassada enquanto a embarcação começava a contornar o promontório, virando para sul, para a entrada da Enseada Abissal.

Assim que o Gaivota Brava alcançou a metade do trajeto ao redor do promontório, as velas murcharam e o navio foi tomado pela sombra. Com o sol escondido atrás dos altos picos rochosos, um frio súbito assolou a embarcação. A melodia cessou, e um arrepio subiu pelas costas de Neshad. Saboreando o medo com um sorriso sinistro, ele encarou a imensidão da enseada diante de seus olhos. Centenas de metros de rocha escura brotavam da água estática e formavam um gigantesco fosso murado. Exceto pela passagem para o mar aberto, guardada por um rochedo submerso, viam-se apenas paredões intransponíveis.

— Baixar velas, lançar âncoras — bradou Gardoy.

Marujos correram para cumprir as ordens. O capitão sinalizou para Cyrpid, seu imediato, que balançou uma bandeira verde na direção dos demais navios da frota. Em instantes, todos estavam com velas recolhidas e âncoras lançadas, mesmo com sol e vento ainda banhando seus conveses. Aguardavam pelo Gaivota Brava, que lideraria o caminho para dentro da enseada. Gardoy cruzou o navio e se aproximou de Neshad, que encarava o muro de rochas adiante com excitação.

— Agora é sua vez. Mostre a passagem que nos prometeu — murmurou o capitão, tocando o ombro de Neshad.

O arcano despertou de seus devaneios e assentiu. Com convicção, retirou as botas, as meias e a túnica suada de manga longa. A tripulação no convés arfou estupefata diante dos símbolos coloridos marcados em Neshad. Ao longo dos braços, da nuca à base da coluna, da pélvis às clavículas, a pele acobreada era

# A ENSEADA ABISSAL

coberta por complexas runas arcanas. O capitão arregalou os olhos.

— Tudo com arcania — comentou Neshad, orgulhoso.

Por reflexo, Gardoy tocou o símbolo tribal tatuado no braço esquerdo enquanto sacudia o queixo em concordância.

— Elas fazem algo?

— Você verá.

Neshad ajeitou o cinto repleto de estreitas e apertadas redes. Nelas repousavam pequenas pedras rúnicas. Ele subiu no cavalo-marinho de madeira da proa e, com um movimento rápido das mãos, conjurou uma esfera de luz azulada que flutuou acima da água. Sob o olhar atento de todos no convés, ergueu as mãos para o céu e saltou no mar. Assim que submergiu, fechando os olhos e retendo a respiração, Neshad se concentrou e tocou uma pedra rúnica no cinto. O símbolo arcano marcado na peça reluziu, e Neshad abriu os olhos. A salinidade do mar não o incomodava mais. A seu comando, o globo de luz azul mergulhou, revelando parte da imensidão silenciosa ao redor. Diferentes peixes nadavam para longe, algas brilhavam grudadas à barreira de pedra, águas-vivas arrastavam compridos tentáculos.

A temperatura era agradável, e Neshad nadou ao longo da boca da enseada, procurando pelo caminho a ser tomado pelos navios. A parede rochosa submersa era contínua no topo, mas cheia de arcos e túneis metros abaixo da superfície. Ao ser iluminado pela esfera azul, um gigantesco caranguejo fugiu por uma das aberturas e uma enguia saiu por outra. Neshad continuou procurando, emergindo para recuperar o fôlego, se afastando do Gaivota Brava. Na proa do navio, o capitão Gardoy e o imediato Cyrpid o observavam com crescente apreensão.

Quando Neshad já se distanciava da embarcação a ponto de seus cabelos negros mal serem avistados, utilizou outra pedra rúnica para continuar protegendo os olhos da água salgada. Ao perceber que se aproximava da área central do rochedo submerso, começou a temer que sua informação estivesse errada. Sua fonte, um sobrevivente de uma expedição anterior à enseada, fora categórico: a abertura larga o suficiente para navios se encontrava na porção leste das rochas. Sem encontrar a passagem, Neshad sentia a confiança se esvair e o brio vacilar.

Com o objetivo de sua vida tão próximo, não existia razão para recuar ou desistir. Respirou fundo e submergiu outra vez, chegando perto das pedras o suficiente para tocá-las. Mesmo com a ajuda da esfera de luz azul, a estratégia era perigosa. Se Neshad fosse jogado contra as rochas por uma corrente marinha ou atacado por uma criatura à espreita, a jornada estaria comprometida. Confiava que não seria morto, uma vez que possuía diferentes runas disponíveis, além de sua própria reserva de energia arcana, mas os recursos gastos poderiam faltar quando o verdadeiro desafio surgisse.

Impulsionando-se nas rochas e se afastando para emergir e capturar mais ar, Neshad iniciou o caminho de volta para o Gaivota Brava. Não demorou em encontrar a passagem. Era facilmente visível na direção que seguia, mas de difícil percepção no trajeto oposto. A passagem não era reta, mas uma curva aguda e, na primeira vez, seus olhos não perceberam se tratar de duas extremidades distantes em vez de uma parede contínua. No limite da visão para o fundo do mar, Neshad percebeu marcas de atrito nos cantos da passagem, vestígios de que algo muito duro raspava nas pedras submersas. Torcendo para que sua presa não estivesse fora da enseada, retornou à superfície e gritou de alegria, sinalizando a descoberta para Gardoy e Cyrpid. Estava mais perto de seu objetivo. Empolgado retornou ao barco com braçadas apressadas.

Neshad pisou no convés do Gaivota Brava de peito estufado e queixo erguido, gritando a toda tripulação que havia encontrado o caminho. Alguns homens comemoraram, outros ficaram apreensivos. O arcano conferenciou com o capitão, explicando as condições e disposição da passagem para a Enseada Abissal. Gardoy engoliu em seco e respirou fundo. O coração de Neshad disparou, temendo a desistência do capitão.

— Levantar âncora! Aos remos! — berrou Gardoy. Para o arcano, murmurou: — Não estrague meu navio.

Neshad abriu um sorriso farto. O capitão gesticulou, e Cyrpid sacudiu uma bandeira amarela para o restante da frota. Um tímido brado comemorativo ecoou acima do mar. Enquanto marujos corriam para ocupar suas posições de remadores no deque inferior, o arcano pulou de volta na água. Precisava ser os olhos do Gaivota Brava.

Nascido em uma bela ilha com altos penhascos no Império Insular Anshad, o jovem Neshad se aventurava no mar antes mesmo de descobrir suas habilidades arcanas. Nadava entre embarcações pesqueiras, desbravava cavernas submersas, apostava corridas aquáticas com amigos. O garoto alternava entre aprender a arte do comércio com o pai, que era o principal mercador do povoado, e desenvolver capacidades arcanas com um tutor particular pouco capaz. Ainda assim, arranjava tempo para sua maior paixão: o oceano. Aprendeu a ler e a escrever, a negociar, a traçar planos, a administrar. No entanto, o horizonte azul e suas possibilidades mágicas exigiam ser desbravadas. Era um chamado que reverberava sua alma.

Quando juntou coragem para contar ao pai o desejo de partir, possuía dezesseis anos. O tutor arcano estava morto há um, e a mãe, há dois. O único irmão chegava a uma década de vida e demonstrava interesse pelo comércio da família. Ainda assim, o pai não aceitou a partida de Neshad e o acusou de ser um jovem ingrato e egoísta, ameaçando-o de não poder retornar se decidisse deixar a família para trás. Dois dias depois, Neshad embarcou em um navio mercante e nunca voltou à ilha da infância.

Passou a integrar a segurança de diferentes embarcações, protegendo-as de contrabandistas a agentes imperiais, conhecendo pequenas e grandes ilhas. Preferia destinos ainda não visitados e mantinha suas habilidades arcanas em progresso com treinos diários e livros adquiridos em diferentes e movimentados portos. Tendo conhecido o suficiente dos arquipélagos do Império Anshad, partiu para o oeste, para o Mar Dourado, onde efetuou rotas curtas e longas entre as ligas comerciais, as cidades independentes e o Império Qhor.

Ao longo das viagens, ouviu histórias, conheceu pessoas, visitou grandiosas cidades. Apesar dos livros estudados até então, percebeu saber pouco sobre o potencial de seu talento arcano. Então deixou a proteção de embarcações e se juntou à Academia de Qhor, recebendo treinamento em troca de serviços. Patrulhou ruas, perseguiu criminosos, sabotou concorrentes comerciais, assassinou inimigos do império.

De todos os trabalhos, a caça de antigas e perigosas criaturas ganhou o posto de predileta. Tanto a pesquisa quanto o combate. Convenceu seus superiores a lhe entregarem tarefas semelhantes e, aos poucos, passou a escolher suas próprias missões. Por anos, dividiu o tempo entre bibliotecas, rede de informantes e expedições de caça. Adquiriu renome e certa riqueza, ainda que a Academia de Qhor ficasse com os principais lucros das jornadas. Caçou lagartos gigantes, quimeras, serpentes marinhas, elementais, lulas gigantes, harpias, dragões.

Entretanto, quando decidiu armar uma expedição até a Enseada Abissal, seus superiores negaram fundos, julgando ser ouro gasto à toa. Neshad ansiava mais que tudo se provar perante a criatura mais aterrorizante do Mar Dourado, aquela que ninguém conseguia descrever por completo, que ninguém conhecia toda a capacidade, que sequer possuía um nome. A conquista se tornara um sonho. Então fez um acordo: seria ajudado com runas arcanas da Academia de Qhor, as quais não conseguiria arranjar de outra maneira, e organizaria a expedição sem novos custos para o império. Não exigiria embarcações, escolta, soldados, mais arcanos. Apenas as runas, tanto as corporais quanto as de pedra. Ainda, para que seus superiores aceitassem liberá-lo para a empreitada, precisou ceder parte dos possíveis lucros provenientes da venda de partes da criatura abatida e prometer submissão a diferentes tarefas, em especial as de assassinato, quando retornasse a Qhor.

Assim, com muita lábia, Neshad convenceu diferentes capitães independentes a se arriscarem na aventura, também em troca de porções generosas dos lucros vindouros. Entre a fatia do Império Qhor e a dos navios envolvidos, Neshad nada ganharia. No entanto, não se importava com o dinheiro. Desejava a fama, encarando a jornada como sua maior chance de nunca ser esquecido.

Neshad precisou de três outras pedras rúnicas que lhe permitiam enxergar sob a água sem machucar os olhos para guiar as cinco embarcações da frota pelo tortuoso caminho para dentro da Enseada Abissal. Mergulhando e emergindo, o arcano avisou sobre protuberâncias rochosas que romperiam um casco e curvas íngremes que encalhariam uma embarcação. Apesar da dificuldade, a distância era curta e o mar estava calmo. Os únicos estragos em cada navio foram alguns remos quebrados.

De volta ao convés do Gaivota Brava, Neshad assistiu os demais barcos da frota se espalharem pela enseada, formando um círculo ao redor da embarcação líder. O momento esperado se aproximava e um calafrio tomou o arcano. Com todos a postos, o capitão Gardoy sinalizou, e o imediato Cyrpid balançou uma bandeira azul. A tripulação de cada um dos quatro navios espalhados começou a se movimentar. No Gaivota Brava, entretanto, todos aguardavam. Em sua mente, Neshad repetia que tudo correria bem.

Ao som de gritos e mugidos que cortavam o silêncio sombrio da enseada, as tripulações içaram vacas vivas dos deques inferiores, deixando-as balançando acima da água. Neshad se aproximou da figura de proa do Gaivota Brava e observou os navios em círculo ao longe. Em cada um deles, outro arcano tomava posição.

Enquanto planejava a excursão à enseada, Neshad havia considerado ser o único arcano a enfrentar a criatura abissal, desejando toda a glória para si, mas concluiu que seria seguro contar com ajuda. Assim, procurou outros arcanos aventureiros que pudessem se interessar pela empreitada.

Para oeste, no navio negro chamado Trovão Opala, um arcano mirrado de cabelo preto e de nome Teyrun sinalizou estar pronto. Para leste, a bordo do Harpia dos Mares, uma arcana magra e alta chamada Dellya equilibrava-se na borda do convés. Para norte, junto à barreira rochosa há pouco atravessada, no barco Horizonte Vermelho, um arcano alto e careca de nome Yrgaell aguardava imóvel. E para sul, ao fundo da enseada, uma arcana baixa e loira chamada Pyagga observava a água a bordo do Chicote do Oceano.

Com tudo pronto e todos a postos, Neshad voltou a mergulhar. Ele utilizou outra pedra rúnica para proteger os olhos da salinidade e conjurou uma nova esfera de luz azul. Ao contrário do fundo do mar antes da barreira rochosa, no centro da enseada não existia vida marinha. Nem peixes, nem algas, nem águas-vivas. Nenhum sinal de movimento, apenas água calma e silenciosa.

Neshad se concentrou, e três dos símbolos em seu abdome brilharam em azul. Ele sentiu as marcas arderem na pele e trincou os dentes para lidar com a dor. Assim que as figuras desapareceram, três esferas de raios azuis se materializaram e dispararam para o fundo do oceano. Quando o arcano mal conseguia enxergá-las, juntou as mãos e uma explosão luminosa fez tudo tremer. Neshad evitou a cegueira ao fechar os olhos. O impacto passou por seu corpo e correu para a superfície, agitando a água e produzindo um estampido abafado.

As tripulações dos navios da frota sabiam como agir. Era o sinal que aguardavam. Com agilidade, cortaram a garganta das vacas suspensas e as soltaram na água. Neshad retornou à superfície a tempo de vê-las afundando. Preencheu os pulmões com novo ar e voltou a submergir, conjurando mais esferas luminosas e distribuindo-as pela área. Conseguiu enxergar os vultos dos animais em direção ao fundo, o sangue se espalhando, e aguardou quieto, torcendo para que toda a jornada não tivesse sido em vão. Voltou à superfície para recuperar o fôlego e logo retornou para a vigília aquática.

Então Neshad avistou a tão aguardada caça. Um corpo gigantesco e indistinguível movendo-se com leveza. Enquanto a criatura se aproximava das iscas, Neshad conseguiu contemplá-la. A cabeça era gigante e disforme, parecida com a de uma tartaruga, e dentes tortos e pontiagudos escapavam pelas laterais da boca. O monstro engoliu o primeiro animal ensanguentado por inteiro, mastigando-o com os dentes de trás. Sem parar, fez uma curva ágil na direção da próxima vítima.

O corpo da criatura era alongado e protegido por enormes placas retangulares, assemelhando-se a um gigantesco crocodilo. Tanto a pele quanto a couraça eram cinzentas. Quando o monstro girou para abocanhar a segunda vaca, Neshad percebeu que a proteção não era apenas dorsal, mas também ventral. Das carapaças brotavam finos e alongados filamentos amarelados. Seis compridas patas com longas garras flutuavam junto ao corpo. A criatura era impulsionada por uma grossa e ágil cauda, cuja ponta repleta de espinhos tinha a forma de um losango. Com velocidade formidável, o monstro perseguiu e engoliu os animais restantes. Então flutuou quieto, encarando os arredores com os olhos prateados. Neshad estava paralisado de admiração. A criatura era maior que os navios da frota. Poderia ser engolido sem sequer ser mastigado. A maior conquista de sua vida estava diante de seus olhos, ao alcance de suas habilidades arcanas. Sentindo que logo precisaria de mais ar, o arcano lamentou não poder apreciar o monstro por mais tempo. Tocando uma pedra rúnica, conjurou pequenas setas azuis. Ao mover o braço, atirou-as contra a criatura.

A carapaça do monstro repeliu o ataque sem dificuldade e um urro reverberou pela água. Com dois movimentos ágeis da cauda, disparou na direção de Neshad, que voltou a tocar as runas presas ao cinto. As pernas do arcano brilharam em azul e ele foi arremessado para fora da água. Ao sentir o ar ameno, girou e passou a flutuar na altura das velas do Gaivota Brava.

— Está vindo — gritou Neshad, observando as tripulações dos navios com arcos e flechas preparados.

Agitando a água da enseada, a enorme cabeça emergiu com ímpeto e tentou abocanhar Neshad, que planou para trás. Sentindo um símbolo no braço direito arder, o arcano grunhiu ao arremessar três lanças azuis contra a criatura, que soprou água e desviou o ataque. Neshad lamentou ter desperdiçado três runas gravadas na pele e sentiu os enormes olhos prateados mirando-o. Pareciam se divertir.

Uma saraivada de flechas atingiu a cabeça do monstro, sem sequer arranhá-lo. Apesar de não protegida por placas, a pele era muito grossa. A criatura urrou e se jogou na direção de Neshad, brandindo uma das enormes patas acima da água. O arcano usou outra runa para se impulsionar para longe, escapando do ataque por pouco. Quando considerou contra-atacar, a caça submergiu.

O estrondo de madeira rachando quebrou o breve silêncio e os marujos a bordo do Gaivota Brava gritaram em desespero. A cauda do monstro subiu com força, talhando a lateral do navio. Quando desceu sobre o convés, destroçando a embarcação, acertou o capitão Gardoy e o imediato Cyrpid. Neshad hesitou ao enxergar o barco destruído e vários tripulantes mortos. Os sobreviventes pulavam na água e tentavam nadar para os demais navios.

Uma pata do monstro emergiu do mar com enorme velocidade e Neshad apenas teve tempo de conjurar um campo protetor antes de ser arremessado contra a lateral do Trovão Opala. Um símbolo do braço esquerdo ardeu e sumiu. O arcano continuava intacto. Ele flutuou para longe da superfície da água e se posicionou para atacar, mas precisou se esquivar de um golpe da cauda espinhosa do monstro, que derrubou o mastro e as velas do barco de madeira escura.

O arcano Teyrun se aproximou da cauda e conjurou uma lâmina de energia azul, brandindo-a contra o ponto de encontro entre duas placas protetoras. A arma ressoou e derramou sangue esverdeado. O talho não foi profundo, mas a criatura urrou e recolheu a cauda. Em instantes, as compridas patas do monstro subiram pelas laterais do Trovão Opala, amassando-o e afundando-o. Teyrun tentou escapar, mas uma das garras transformou a metade superior de seu corpo em uma massa disforme de carne e sangue.

Enquanto os sobreviventes do Trovão Opala pulavam na água e começavam a nadar para as três embarcações restantes, a arcana Dellya deixou o Harpia dos Mares, transformando-se em uma enorme águia e sobrevoando a enseada. Neshad mergulhou atrás de sua presa e a enxergou agarrada aos restos do navio. À custa de mais três símbolos arcanos no abdome, ele conjurou outro trio de esferas de raios azuis, lançando-as contra o monstro. Então deixou a água, voltando a flutuar, e juntou as mãos.

A explosão iluminou a enseada inteira e agitou a água, encharcando as tripulações da frota e sacudindo as embarcações. Neshad se permitiu um sorriso. Ao submergir, não encontrou a criatura derrotada. Mesmo com sangue esverdeado saindo de feridas nas patas e laterais do corpo, ela girava sob o Chicote do Oceano, arremessando a ponta espinhada da cauda contra o casco. Neshad assistiu mais um barco da frota entrar em colapso enquanto conjurava uma gigantesca rede brilhante ao redor do monstro. Os símbolos de seu peito inteiro desapareceram mediante intensa dor, e a criatura se viu presa em fios que lhe davam choques.

O monstro tentou se soltar, debatendo-se na rede mágica, enquanto produzia um gemido agudo que ressoava por toda a enseada. Neshad tampou os ouvidos com as mãos, mas não evitou que a mente fosse embaralhada. Sentindo-se tonto e confuso, nadou até a superfície, temendo não ser capaz de segurar a respiração. No ar ameno não existia barulho algum, e Neshad enxergou Dellya planando no alto em sua forma de pássaro. A arcana Pyagga flutuava do recém-destruído Chicote do Oceano para o Harpia dos Mares.

Com símbolos ardendo nas costelas em razão do esforço exigido para sustentar a teia em torno do monstro, Neshad voltou a submergir, usando outra runa para manter os olhos abertos sob a água. A criatura continuava se debatendo, mas a rede resistia. O gemido havia cessado, e Neshad fez com que a malha azul-brilhante carregasse o alvo até a superfície.

Assim que a cabeça da criatura emergiu, Pyagga atacou com esferas mágicas, que foram desviadas por uma torrente de água soprada pela boca pavorosa. Dellya tentou se aproximar dos olhos prateados do monstro, avançando com as garras, mas os esguichos mantiveram-na afastada. Neshad voltou a flutuar à distância, tremendo de excitação. Com a criatura presa na teia azul, seria questão de tempo até suas defesas serem rompidas.

Os navios Horizonte Vermelho e Harpia dos Mares

se aproximaram do monstro, permitindo que arqueiros disparassem à vontade. Pyagga lançava setas e esferas arcanas a esmo contra a cabeça e as placas da criatura, que se debatia em crescente resistência. Yrgaell se concentrou e, estendendo as mãos para o alvo, tentou submetê-lo a uma ilusão, a um controle mental. A criatura se acalmou, mas os olhos cor de prata não perderam a vivacidade. Neshad sentiu que era analisado e soube com um calafrio que o combate não estava decidido.

Os compridos filamentos amarelados, que brotavam das placas ventrais e dorsais da criatura, se agarraram aos fios azuis da rede. Ignorando os choques, o monstro urrou, e Yrgaell, surpreendido por uma onda cerebral devastadora que corrompeu seus pensamentos, caiu desacordado no convés do Horizonte Vermelho. Os filamentos adquiriram um brilho intenso e começaram a dissolver a teia mágica. Neshad sentiu o corpo curvar ante a energia necessária para manter a rede ao redor do monstro.

Símbolos arcanos nos ombros e costelas arderam e sumiram em velocidade assustadora, e ele soube que morreria se continuasse a se opor aos filamentos amarelados. Se tentasse manter a rede por mais tempo, toda sua energia corporal seria consumida.

Assim que Neshad cedeu, a criatura rompeu a teia azul e lançou o corpo para fora da água, estendendo duas das patas, acertando Dellya com as garras e dividindo-a em duas partes. Ao atingirem a superfície do mar, os pedaços ensanguentados não eram mais de águia, mas de mulher.

O monstro submergiu, balançando a cauda contra Neshad, que se esquivou outra vez, flutuando para cima. O arcano não sabia como agir e ficou paralisado, procurando uma solução. A criatura investiu contra o Harpia dos Mares, usando a enorme cabeça para abalroar o navio, forçando os marujos a pularem na água. Enquanto o monstro abocanhava homens e madeira, Pyagga flutuou com pressa na direção do Horizonte Vermelho, gritando acima da água:

— Desista, Neshad! Não conseguiremos matá-lo. É melhor fugir antes que seja tarde.

Neshad balançou o queixo para os lados, convicto de que não desistiria de seu maior sonho. Continuou planando acima do mar enquanto Pyagga ordenava que o Horizonte Vermelho remasse para longe. A tripulação desesperada obedeceu, abandonando marujos dos outros barcos que ainda nadavam em busca de salvação.

O monstro colocou parte do corpo para fora da água, observando a embarcação restante seguir na direção do rochedo que guardava a Enseada Abissal. Entretanto, não os atacou. Fixou os olhos prata em Neshad e avançou levantando ondas. O arcano engoliu em seco e arregalou os olhos, preparando a última tentativa. As costas arderam, as veias do pescoço saltaram, a pele acobreada se tornou limpa de quaisquer símbolos.

Quando a criatura saltou em arco da água, o corpo de Neshad brilhou em azul, adquirindo uma aura em formato de seta que se chocou com as placas ventrais. O monstro guinchou e Neshad ouviu o eco seco da proteção cedendo. Um esguicho de sangue esverdeado passou diante de seus olhos e pedaços da couraça penetraram a carne cinzenta.

A aura azul se desfez e o monstro começou a cair na água. Neshad tocou o cinto, desejando impulsionar-se com a ajuda de outra pedra rúnica. No entanto, o corpo enrijeceu, agarrado pelo tornozelo por um dos filamentos amarelados. Um calor agonizante percorreu os músculos e a mão travou a centímetros da runa arcana. Neshad sequer conseguiu prender a respiração ao atingir a água junto do corpo descomunal da criatura.

Ambos começaram a afundar, e Neshad arrependeu-se por sua soberba, imaginando que, se tivesse preparado um plano de ataque coeso junto dos demais arcanos, o resultado poderia ter sido diferente. Com a água salgada enchendo os pulmões, recordou todas as vivências que culminaram com a expedição à enseada, sentindo profunda tristeza. No maior desafio, havia falhado. Com o corpo paralisado, não houve espasmos pela falta de ar. Pouco antes de perder a consciência, sentiu dentes triturando-o.

O monstro urrou sob a água e nadou em círculos, abocanhando marujos e restos das embarcações. Com as laterais do corpo machucadas e a depressão nas placas ventrais sangrando, a criatura ignorou o Horizonte Vermelho, que lutava contra a passagem sinuosa e traiçoeira para deixar a enseada. Quando nada mais boiava e as águas voltaram à serenidade comum, o monstro se recolheu às profundezas.

A arcana Pyagga e o restante da tripulação do Horizonte Vermelho atingiram mar aberto com alguns remos quebrados e pequenas avarias no casco. Aliviados por estarem vivos, olharam uma última vez para a silenciosa enseada antes de fazerem a curva no promontório e deixarem o vento guiá-los para leste.

Com exceção de Yrgaell, que nunca recuperaria a sanidade após o embate mental com o monstro das profundezas, todos contariam sobre a loucura e a coragem de Neshad, espalhando por todo o Mar Dourado a história de como o arcano falhou em matar a criatura da Enseada Abissal, assim como todos que tentaram antes dele.

# Considerações acerca de Anathenus, a Espada Perdida

## ROBERTO FIDELI

Dos registros de Atherinum Assamir, escrivão da cidadela de Sör, pesquisador mestre da lenda de Anathenus, ano 914 da 3ª Era.

### Introdução: a lenda de Anathenus

Existem coisas neste mundo que desafiam a compreensão de qualquer mente racional. Anathenus é uma delas. A lenda da espada cujo portador não pode ser derrotado está presente em inúmeros textos, ilustrações, tapeçarias, vitrais e rodas de conversa nos quatro reinos soberanos até o Mar da Bruma, onde jaz o limite do mundo conhecido, de modo que qualquer homem, mulher e criança já deve ter escutado a história. Com o passar do tempo, ela ganhou muitas formas. A mais conhecida é a dos dois irmãos.

Essa versão diz o seguinte:

"Há muito, *muito* tempo, um rei de uma terra próspera e distante chamada Irandël ficou dividido entre seus dois filhos quando teve que decidir qual deles lhe sucederia no trono, já que as leis daquele reino não estipulavam que o filho mais velho deveria ser o sucessor, como é na maioria dos casos. O filho mais novo era um homem inteligente e justo, enquanto o mais velho era um líder militar e grande estrategista. Cada filho tinha qualidades que seriam encontradas em um bom rei.

"Apesar de ainda ser muito jovem, o irmão mais novo foi o escolhido para comandar o reino depois da morte do rei, que na época já estava muito doente. O filho mais velho ficou tão furioso e enciumado que contratou os serviços de um ferreiro para que lhe fizesse uma espada tão poderosa que seu portador jamais poderia ser derrotado em batalha. O ferreiro lhe alertou que uma arma dessas seria poderosa demais para ser controlada, pois espadas mágicas normalmente têm suas próprias intenções.

"Mas o príncipe não escutou os avisos do ferreiro e a espada foi forjada assim mesmo. Seu nome era Anathenus, que na língua antiga significa 'andarilha do norte'. O jovem príncipe marchou com um pequeno exército para os portões do castelo, atacando seu irmão mais novo e atual rei. Mesmo em considerável desvantagem, o irmão guerreiro invadiu o castelo, matou o irmão caçula e tomou o trono.

O ferreiro, envergonhado e aterrorizado pelo poder descomunal de sua criação, fugiu e nunca mais foi visto.

"O reinado do filho mais velho foi longo, marcado por sombras e violência. Por conta da magia da espada, ele era incapaz de envelhecer e ter filhos. Com o tempo, tornou-se violento e paranoico, transformando a corte em um verdadeiro banho de sangue. Repleto de execuções em massa, pragas e pobreza, o reino sucumbiu ao caos de uma guerra civil. Nesse meio tempo, o rei se fundiu ao próprio trono, a coroa tornou-se parte dos ossos de seu crânio e ele não podia mais comer ou beber, transformando-se em uma criatura meio-viva.

"Cansado e incapaz de se lembrar que um dia fora humano, o rei foi assassinado por um membro de sua própria guarda real, que roubou Anathenus para si e fugiu. Desde então, a espada mágica tem deixado longos rastros de violência pelo mundo, desaparecendo e reaparecendo de novo, sempre nas mãos de um cavaleiro diferente". (Fÿllaren, 726 2e, p. 123-124, tradução minha).

## Rastreando a história

Hoje entendida como uma história para crianças, ou uma simples obra de ficção, Anathenus é uma espada real, e muitos dos acontecimentos que marcaram sua história foram testemunhados e documentados. Os dois príncipes aos quais a história se refere chamavam-se Igür e Aldän. Eles nasceram em Irandël, nos anos de 1184 e 1187 da Primeira Era. Igür matou o irmão mais novo e tomou o trono para si, governando por 496 anos, até ser assassinado por um membro da própria guarda real.

Igür é creditado como o primeiro portador de Anathenus e sexto rei de Irandël. Ele é comumente chamado de Rei Cinza, Rei Louco e Rei Assassino, responsável por um dos períodos mais terríveis e violentos da história do reino, marcado por grandes expansões territoriais e assassinatos de civis, incluindo mulheres e crianças. Muitas pinturas e tapeçarias podem ser encontradas retratando-o com Anathenus na mão direita e uma coroa feita de ossos na cabeça.

Após a morte do rei Igür, a espada se perdeu por cerca de 150 anos e acredita-se que passou pelas mãos de pelo menos duas pessoas. No entanto, é provável que as identidades do segundo e terceiro portadores de Anathenus nunca sejam descobertas. Anathenus reapareceu no ano 138 da Segunda Era, nas mãos de um homem chamado Yuri Mäy, sete mil quilômetros a oeste de Irandël.

Como a espada viajou uma distância tão longa é outro mistério. É possível que ela tenha sido contrabandeada por alguém que não a reconheceu como Anathenus, já que ela pareceria uma espada comum aos olhos de uma pessoa incapaz de sentir magia. Yuri Mäy foi portador da espada por pelo menos duas décadas e meia, período no qual tornou-se o cavaleiro mais famoso dos quatro reinos soberanos. Sua fama de ser imbatível em combate se espalhou como fogo de dragão e muitos cavaleiros pereceram desafiando-o em duelos. Mäy gostava de se gabar da própria invencibilidade e creditava as vitórias à espada mágica presa em sua cintura. Por conta disso, muitos tentaram roubá-la e foram mortos.

Após uma batalha na Floresta Branca, Yuri Mäy desapareceu sem deixar rastros. Dez anos depois, Anathenus reapareceu nas mãos de um homem chamado Ibrahim Al--Aniabar. Ao contrário de Mäy, Ibrahim nunca revelou ser o portador de Anathenus. Ele se destacou no exército do Rei Amyrtäs como um exímio lutador, apesar da tenra idade, e foi isso o que levantou suspeitas de seus colegas. A espada teria sido reconhecida por um homem chamado Gör, que disse o seguinte em seus diários:

> Acredito que a espada que está em mãos de Ibrahim é, na verdade, uma entidade viva. Da primeira vez que me aproximei dela, escutei um suave tamborilar que, na época, julguei ser fruto da minha imaginação. Porém, esse tamborilar tornou-se mais alto e insistente conforme eu convivia com Ibrahim. *Tum, Tum, Tum,* como se houvesse um coração pulsando dentro da espada. (Gör, 142 2e, p. 72, tradução minha).

Essa é a primeira vez que temos uma descrição precisa de Anathenus e de como era estar perto dela. De acordo com Gör, a espada tinha uma lâmina com cerca de 70 cm de comprimento, com um gume apenas de um lado e a ponta ligeiramente curvada. A costura de couro do campo foi descrita como "antiga e malcuidada", a empunhadura era feita de prata ou latão sem polimento, e a bainha era de madeira escura e desprovida de adornos. Parecia, para todos os efeitos, "uma espada de qualidade inferior, usada pelos soldados de mais baixa estirpe" (Gör, 142 2e, p. 72, tradução minha). É possível, no entanto, que o cabo e a empunhadura tenham sido substituídos ao longo dos anos, assim como a bainha.

Abaixo, Gör descreve a maneira pela qual descobriu a verdadeira identidade da espada:

Comecei a estudar a maneira como Ibrahim lutava e logo percebi incongruências na história que ele nos contou. Como o filho de camponeses que nunca teve treinamento militar prévio lutava com tanta fluidez e com uma técnica tão refinada? Era óbvio, para mim, que Ibrahim era um mentiroso, mas havia algo mais estranho naquele homem, como se ele fosse capaz de antever os movimentos do adversário. Isso, é claro, e aquele insuportável tamborilar que parecia vir da espada. *Tum, tum, tum.* (Gör, 142 2e, p. 73, tradução minha).

A prova definitiva de que aquela era Anathenus, a lendária espada perdida, veio quando Gör presenciou Ibrahim Al-Aniabar cortar uma espada feita de aço superior ao meio: "Foi um corte limpo, perfeito, como quem corta um pedaço de manteiga. Nesse instante tive certeza de que se tratava de uma espada mágica" (Gör, 142 2e, p. 76, tradução minha).

Ao ser confrontado, Ibrahim deu uma estocada no abdômen de Gör e fugiu. A sensação, diz ele, (...) foi de ter sido estocado por uma lâmina em brasas. Depois, fui acometido por uma febre que durou quatro dias e quatro noites, como quem sofreu uma picada de cobra. Nunca senti algo parecido. Magia branca foi o que salvou minha vida, e o bruxo que conduziu o feitiço disse que jamais vira algo igual. (Gör, 142 2e, p. 76, tradução minha).

Ibrahim supostamente fugiu para o norte e nunca mais foi visto. A espada mais uma vez se perdeu por quase um século, até ressurgir nas mãos de um cavaleiro chamado Alinar Al-Muhamai, o mais longevo portador de Anathenus e, talvez, o mais famoso.

A história de Alinar Al--Muhamai é extensa e muito bem documentada, portanto vamos nos atentar apenas aos fatos mais importantes. É sabido que ele foi, durante muitos anos, cavaleiro real do Rei Morthundel e que teve um papel importante na famosa Guerra Vermelha. Depois do término da guerra, abdicou de seu papel como cavaleiro e sumiu por quase dois séculos até voltar ao lado da Ordem dos Cavaleiros de Fá, na chamada Guerra das Sombras.

Alinar é o único portador de Anathenus cujo destino foi testemunhado e registrado. O líder dos Cavaleiros de Fá, Jorah Millyr, afirma que ele tirou a própria vida depois de lutar contra a bruxa chamada Dorah, que teria articulado a Guerra das Sombras e liderado o Exército Morto em seu ataque contra os Quatro Reinos. Diz ele:

> Algo se perdeu nos olhos de Alinar Al-Muhamai depois que ele derrotou a bruxa. Ele olhou em volta e não nos reconheceu e eu não o reconheci. Parecia ter sido substituído por outra pessoa, ou melhor, por uma *entidade*. Ele era a encarnação da espada em forma humana. Então Alinar pareceu recobrar a consciência por um instante. Soltou um suspiro longo e cansado e, sem hesitar, enfiou Anathenus no próprio peito, morrendo em seguida. Nós fugimos enquanto o navio de Dorah se enchia de água e desaparecia na escuridão do oceano, e deixamos seu corpo lá na esperança de que, assim, a espada se perdesse para sempre. (Millyr, 427 2e, p. 337, tradução minha).

De fato, a espada se perdeu por cinco séculos inteiros, até que o rei das Terras Cinzas, Harmaut Oberhaus, deu início a uma campanha de quase uma década para recuperar a espada. Ele retornou bem-sucedido, apenas para ser assassinado por um cocheiro enquanto dormia. O cocheiro chamava-se Isaiah Al-Umaniaur. Ele roubou Anathenus para si e fugiu para Irandël em busca de abrigo, com o exército do príncipe Alderin Oberhaus em seu encalço. O Rei de Irandël se recusou a abrigá-lo e Isaiah foi forçado a fugir na direção contrária até as montanhas do sul, onde ficava o antigo templo de Orin.

No meio do caminho, ele destruiu sozinho o exército de Alderin Oberhaus, mas, por algum motivo, poupou o príncipe. Isaiah fugiu e tornou-se guardião do templo de Orin, cargo previamente ocupado por Jorah Millyr da Ordem dos Cavaleiros de Fá, e jurou que nunca sairia da cidade. Desse modo, permaneceu prostrado nas montanhas geladas do sul por quase dois séculos, até que uma nova guerra o obrigou a sair de seu exílio.

A Guerra dos Cinquenta Anos é considerada até hoje o maior conflito armado da história humana. Começou quando um dispositivo não humano, chamado posteriormente de "A Máquina do Juízo Final", foi forjado por Johr Al-Assur, o bruxo mais poderoso de todos os tempos, depois, é claro, do forjador de Anathenus.

A engenhosidade da Máquina do Juízo Final reside em sua capacidade de absorver a energia dos ataques adversários. Isso significa que, a cada ataque, ela se tornava mais poderosa. Tinha seis metros de altura e o corpo feito de um tipo de cerâmica impenetrável. Em suas mãos havia um martelo que se tornou conhecido como "Martelo da Danação", e testemunhos indicam que um único golpe dele era capaz de destruir cidades inteiras. Estima-se que 70 a 100 milhões de pessoas morreram na Guerra dos Cinquenta Anos. Uma destruição em escala que, para nossa sorte, nunca mais foi vista.

À época, acreditava-se que a Máquina do Juízo Final era indestrutível e, assim como Anathenus, impossível de ser derrotada em combate. Isaiah Al-Umaniaur provou que essa teoria estava errada. Com um único golpe, fincou Anathenus no coração da máquina, colocando fim ao conflito que quase levou a humanidade à extinção, que exigiu a reconstrução de todo o hemisfério norte e atrasou os desenvolvimentos tecnológicos subsequentes em quase trezentos anos. A máquina e a espada foram levadas para dentro dos portões de Irandël e nunca mais foram vistas. Acredita-se que a Máquina voltará à "vida" caso a espada seja retirada de seu coração, o que presumivelmente coloca um "fim" à trajetória da espada mais poderosa de todos os tempos.

Pelo menos por enquanto.

**Sobre a magia da espada**

Um sábio uma vez disse que os deuses são reais e

seria tolice acreditar no contrário. Anathenus talvez seja a prova definitiva de que existem forças em atuação maiores do que o ser humano. E, mesmo assim, é importante lembrar que a espada foi, de algum modo, forjada por mãos humanas. Às vezes é difícil conceber essa ideia.

Como? Como o forjador de Anathenus conseguiu reunir tamanho poder naquela espada? Ninguém soube responder essa pergunta em dois mil e oitocentos anos. Muitos, incluindo eu, tentaram.

Durante a Guerra Vermelha, um bruxo poderoso chamado Alastar Fyr disse ter encontrado pergaminhos que indicavam como Anathenus fora feita e decidiu replicar a lendária espada. Para tanto, viajou por anos e aprendeu diversas técnicas de forja. Alastar afirma ter usado dezessete tipos diferentes de metal para alcançar uma liga resistente e flexível o bastante para suportar a magia que seria colocada nela. Após meses de testes para acertar a composição, ele malhou o metal por 33 dias. A cada dia, aplicou uma nova camada de magia negra, magia poderosa que, disse ele, foi cedida pelo próprio deus Khronos, o mais poderoso e temido de todos os deuses.

O resultado desse trabalho foi uma espada de imenso poder. A "Anatsuru", que na língua antiga significa "indestrutível", era capaz de invocar raios e abrir grandes fissuras na terra e de estilhaçar a mais resistente das espadas. Por algum tempo, acreditou-se que ela era ao menos tão poderosa quanto Anathenus. Isso até Alinar Al-Muhamai enfrentá-lo no campo de batalha. Ele destruiu Anatsuru e matou seu portador, provando que aquela lâmina nada mais era do que uma cópia inferior à original.

Anathenus era capaz de conferir ao seu portador poderes inimagináveis. Isaiah Al-Umaniaur derrotou um exército inteiro sozinho. Alinar Al-Muhamai derrotou a bruxa Dorah, Alastar e sua espada mágica, matou centenas de soldados inimigos durante a Guerra Vermelha e nunca foi derrotado em batalha.

Além de força sobre-humana, os portadores de Anathenus não sentiam fadiga durante o combate e nem depois, visto que o esforço despendido para realizar algumas daquelas façanhas certamente mataria um homem comum. Porém, os cavaleiros podiam ser feridos: Alinar Al-Muhamai, por exemplo, foi atingido por golpes de espadas, lanças, machados e clavas, além de ter sofrido diversas queimaduras. Os ferimentos, porém, curavam-se instantes depois de serem infligidos. Eis o relato de um homem chamado Shin As Amür, que lutou ao lado de Muhamai no cerco de Inbül, durante a Guerra Vermelha:

> Eu e os outros homens do regimento congelamos diante da visão de que o Portador de Anathenus recebera um ferimento que ia do ombro direito até mais ou menos a altura da cintura. O braço direito pendeu para o lado, seguro apenas por um pequeno feixe de carne, e sangue jorrou profusamente dele. Pensamos que o cavaleiro infalível tinha sido derrotado, mas então o ferimento começou a se curar sozinho. O braço e o ombro se uniram mais uma vez ao tronco como se costurados por mãos invisíveis e o sangue parou de jorrar. Mais tarde, avaliamos o ferimento e percebemos que a carne estava rosa e saudável, sem ao menos uma cicatriz para indicar que um golpe fora recebido. (Dallos, 893 3a, p. 151).

Além de se regenerar, os portadores de Anathenus não envelheciam. Tanto Alinar Al-Muhamai quanto Isaiah Al-Umaniaur viveram por centenas de anos sem apresentar qualquer sinal da passagem do tempo. Tampouco ficavam doentes e isso mesmo sem empunharem a espada. Durante o período de quase duzentos anos no qual atuou como guardião do templo de Orin, Isaiah Al-Umaniaur não a empunhou uma única vez. Isso indica que o poder de Anathenus permanecia com o portador, mesmo ambos estando razoavelmente distantes um do outro.

Observa-se que o poder da espada agia ao mesmo tempo no portador e em todos ao seu redor. Isso é chamado de "O Paradoxo de Anathenus". Mais do que dar poderes ao cavaleiro que a empunhava, a espada impedia outras pessoas de derrotá-lo. Esse aspecto do poder de Anathenus atuava apenas durante a batalha. Ele não impedia, por exemplo, o suicídio, como no caso de Alinar Al-Muhamai. O rei das Terras Cinzas, Harmaut Oberhaus, que trouxe a espada do mar, foi morto durante o sono e sequer conseguiu usá-la em combate. O que significa, entre em outras coisas, que Anathenus conferia longevidade e outros poderes ao seu portador, mas não imortalidade.

As pessoas próximas da espada eram afetadas pelo seu poder, de outro modo além do combate corpo a corpo. Indivíduos que tinham sensibilidade à magia diziam que era quase impossível ficar perto de Anathenus, mesmo com ela dentro da bainha. Shin As Amür diz:

> A sensação de estar perto de Anathenus era de desespero, como alguém que antecipa uma desgraça iminente ou testemunha algo terrível e profundamente errado com o mundo. A espada parecia viva e tínhamos a sensação, eu e os outros homens, que ela tinha suas próprias vontades. Meu colega, Isys, dizia que escutava uma batida como a de um coração que vinha da espada, e que o barulho era tão alto que ele não conseguia dormir. Eu também não conseguia dormir perto de Anathenus. Imagino que Alinar nunca fechou os olhos desde o momento em que colocou as mãos ao redor daquele cabo. (Dallos, 893 3a, p. 154).

Outro soldado que lutou ao lado de Alinar Al-Muhamai, Almeric Tär, ofereceu a seguinte descrição:

> Era como se o portador de Anathenus tivesse feito um acordo com o universo e o universo tivesse concordado. Como se ele tivesse assinado um contrato que dizia "não serei derrotado enquanto estiver em batalha" e o universo tivesse assinado embaixo e rubricado em todas as páginas. Nunca vi nada igual e suspeito que nunca verei de novo. Sentíamos como se algo estivesse errado com o

mundo, como se uma regra fundamental e inexorável tivesse sido rompida. Era uma coisa viva e proibida. Pelos deuses, acho que terei pesadelos pelo resto da vida com aquela espada. (Dallos, 893, 3a, p. 163).

Ele conclui:

A espada era viva, tenho certeza, mas viva de um jeito totalmente diferente de qualquer outra criatura. Era uma entidade, algo maior do que o Homem, e mais cruel também. Entrar em contato com ela era como entrar em contato com algo que escapava à compreensão, algo que não devia habitar o plano físico ao lado de homens e animais, mas que, de algum modo, estava ali mesmo assim. (Dallos, 893 3e, p. 163).

## O Forjador

Filósofos, teólogos, magos e historiadores têm debatido sobre as afirmações citadas anteriormente há centenas de anos. Anathenus encontra-se presa dentro dos portões de Irandël, mas pouquíssimos são aqueles que receberam permissão para vê-la. Denir Harus foi um dos poucos a quem foi concedida tal honraria. Eis algumas impressões dele:

Foi-me concedida uma autorização de quinze minutos para estudar as propriedades físicas e mágicas da espada. Certamente foi a maior honraria que já recebi, mas também foi tempo em excesso, pois creio não ser capaz de ficar mais um minuto na presença dela e da Máquina do Juízo Final. As afirmações de que a espada é uma entidade viva parecem corretas e eu também pensei ouvir as batidas de um coração emanando dela. Além, claro, daquela sensação de desespero, de destruição iminente que se aproxima de forma irrefreável e sem misericórdia. É uma vibração diferente da de qualquer artefato mágico conhecido pelo Homem. Acredito que existe, sim, uma entidade vivendo naquele artefato (ou talvez o artefato em si seja a entidade, não sei), algo dotado de intelecto. Seja lá o que for, me pergunto como foi aprisionado ali. Que poder seria necessário para tamanha tarefa e quem seria dotado de tal poder? Analisando-a de forma racional, a teoria do contrato não me parece tão absurda. Já escutamos inúmeras vezes as desventuras de pessoas que foram tolas o suficiente para fazerem acordos com deuses. Acredito que este seja o caso, mas não consigo imaginar uma pessoa tola o suficiente para fazer um acordo com seja lá o que vive naquela espada. (Harus, 903 3e, p. 17).

O maior mistério que circunda a história de Anathenus diz respeito ao seu forjador. Não existe um texto, um pergaminho, uma história sequer que lhe confira um nome. Acreditamos que ele viveu a não mais do que duzentas léguas de Irändel, entre 2750 e 2800 anos atrás. A lenda dos dois irmãos o coloca como homem, mas isso pode ser contestado, pois não existem provas conclusivas sobre seu gênero; ele pode muito bem ter sido uma mulher, visto que a quantidade de bruxas reconhecidas pela História é maior. Além disso, também é reconhecido que mulheres com sensibilidade mágica apresentam poderes mais aguçados e intensos do que seus pares homens.

De qualquer modo, qual seu nome? Onde viveu? Quem eram seus pais? De onde veio o conhecimento necessário para forjar Anathenus? Quais as técnicas utilizadas?

Poucas décadas atrás, um pergaminho de dois mil e quinhentos anos foi encontrado nas ruínas do Antigo Registro, revelando informações inéditas sobre como Anathenus foi feita. Ele diz que o forjador de Anathenus era um ferreiro de um vilarejo escondido ao sul de Irandël que, apesar de muito hábil, não era particularmente dotado de conhecimentos em magia. Diz que, após ter sido ordenado pelo príncipe Igür a criar uma espada cujo portador não pudesse ser derrotado, esse ferreiro conseguiu, de alguma forma, entrar em contato com uma entidade do plano superior usando magia de sangue e fazer um acordo com ela. Para tanto, teria sacrificado a esposa e os dois filhos.

Após esse ato, ele ateou fogo à própria casa e morreu no incêndio. A espada teria sido encontrada por um dos soldados do príncipe em meio aos destroços e levada até o

# CONSIDERAÇÕES ACERCA DE ANATHENUS A ESPADA PERDIDA

acampamento onde Igür havia montado guarda para invadir Irandël.

A história é constantemente analisada por acadêmicos e cientistas, assim como o pergaminho no qual foi encontrada. O conteúdo tem apenas 750 palavras e carece de assinatura, de modo que sua veracidade se tornou tema de discussões acaloradas na elite acadêmica de todas as instituições do hemisfério norte. Acredito que ela nos apresenta uma história *plausível* e respostas *plausíveis*. Mesmo assim, discordo acerca de alguns pontos.

Acredito que o forjador tenha usado almas para selar o acordo, provavelmente de pessoas importantes a ele, ou não teria funcionado. Somente um sacrifício terrível poderia selar uma magia tão poderosa em um artefato criado por mãos humanas. É sabido que ele estava sob pressão do príncipe Igür para terminar o trabalho o mais rápido possível e, movido pelo desespero, pode ter se sentido forçado a fazer um ato impensável, algo do qual tenho certeza de que se arrependeu para sempre. Mas não acredito que ele morreu naquela casa.

Pelos últimos três mil anos tem sido feito um esforço para destruir todo e qualquer registro que possa dar dicas de como a espada foi feita. Acredito que o forjador de Anathenus sobreviveu à destruição da casa e que, nos séculos seguintes, tentou de todas as formas esconder seu pecado.

Será que ele já tentou empunhar a própria espada? Será que tentou e fracassou? Será que tentou destruí-la? Será que Anathenus pode ser destruída?

Estaria o forjador da espada vivo ou morto? Se ele fosse afetado pelo poder da espada como os demais portadores eram, quer dizer que existiria em algum lugar neste mundo um homem com dois mil e oitocentos anos de idade? O que se passaria na mente de um homem (ou mulher) assim?

Essas são apenas algumas das perguntas sobre Anathenus e seu forjador que ficaram sem resposta.

## Considerações finais

É doloroso admitir, mas provavelmente nunca teremos as respostas para as maiores perguntas que circundam Anathenus, a Espada Perdida. Tempo demais se passou e muita coisa se perdeu desde a época em que ela foi forjada. Porém, penso que talvez seja melhor assim. Seres humanos tendem a repetir os erros do passado e muitos erros foram cometidos na história desse artefato singular e de poder incomparável.

Anathenus, como todo instrumento de guerra, foi criada com um objetivo específico, embora seja preciso lembrar que toda ferramenta depende da pessoa que a usa. Isaiah Al-Umaniaur a usou para salvar o mundo, Alinar Al-Muhamai também. Porém, é sabido que ambos deixaram para trás uma trilha de destruição marcada por rompantes de violência desmedida e irrefreável.

Alinar matou mulheres e crianças, atos considerados "excessos" que ocorrem em tempos de guerra, e, portanto, perdoados. Isaiah matou quinhentos soldados quando confrontado pelo exército de Alderin Oberhaus. Os portadores de Anathenus eram conhecidos por serem cavaleiros formidáveis, mas também assassinos frios e implacáveis, estando a serviço dos desígnios de suas respectivas monarquias ou, talvez, da própria espada.

Hoje, Anathenus encontra-se fincada no coração da Máquina do Juízo Final, guardada nos portões impenetráveis da cidade de Irandël, a mesma cidade que a abrigou pela primeira vez, quase três mil anos atrás. Dia após dia, ela continua a salvar o mundo da autodestruição. Talvez seu poder seja grande demais para ser domado por mãos humanas. Talvez ela tenha encontrado seu verdadeiro lugar, seu verdadeiro desígnio, presa ao coração de outra ferramenta que foi usada para causar morte e sofrimento.

Algo me diz, porém, que a história da espada ainda não acabou. Ela quer ser usada e encontrará um jeito de seduzir os corações dos homens, como já fez tantas outras vezes no passado. De qualquer modo, do lado de fora dos portões de Irandël, sua lenda persiste, incapaz de ser anulada ou esquecida, gerando a mesma força e fascínio que gerou em quase três milênios de existência.

Sobre isso, imagino que a lenda de Anathenus sobreviveu por tanto tempo e continua tão popular nos dias de hoje porque ela nos lembra de que ainda existem mistérios no mundo. Que nos lugares escuros e escondidos encontram-se coisas poderosas e muitíssimo antigas que não nos pertencem, que não podem ser inteiramente compreendidas pela mente humana, nem moldadas à sua vontade.

## Referências

DALLOS, Mako (Org). **Coleção de Relatos de Anathenus**. Ano 893, 3ª Era. 2ª Edição.

FYLLAREN, Jös. **Anathenus, a canção de Orin e outras lendas**. Ano 726, 2ª Era.

_____, Jös. "Anathenus, a espada invencível". In. **Anathenus, a canção de Orin e outras lendas**. FYLLAREN, Jös (org.). Ano 726, 2ª Era.

GÖR. **Diários de um tempo sombrio**. Traduzido da língua antiga. Ano 142, 2ª Era.

HARUS, Denir Ash. **Relatos presenciais de Anathenus**. Ano 903, 3ª Era.

MILLYR, Jorah. "Quando a Escuridão Pairava Sobre o Mundo". In. **Ensaios sobre a vida e a morte nos tempos da magia**. Traduzido da língua antiga. Ano 427, 2ª Era.

# Nas Ruínas de Ka' Drath

## JOÃO RICARDO BITTENCOURT

A chuva tropical cai forte na selva. A correnteza do rio é um pouco mais forte do que nos demais dias de verão. O rio, estreito, entra pela mata entre os troncos e galhos das árvores submersas. Uma pequena embarcação segue seu fluxo. O barqueiro não se preocupa com a chuva; as gotas pesadas escorrem pelo rosto enrugado enquanto rema. Sob uma frágil proteção de palha, uma jovem mulher protege seu rosto com o capuz. Quando o barco passa, os pássaros voam dos galhos repletos de cipós. A mulher baixa o capuz do seu manto revelando um rosto sereno, pele muito branca, repleta de pequenas tatuagens. Os olhos azuis contrastam com os pesados *dread locks* negros, cuja cera não deixa a água encharcar. Mexe em sua bolsa de viagem e retira um pedaço de couro enrolado, envelhecido. Ela consulta um mapa surrado de uma área da antiga selva tropical de Tuddazzar. Sabe que entre as árvores os templos antigos, em ruínas, ocultam segredos e relíquias que poderão responder suas perguntas.

— Barqueiro — diz com sua voz serena. O velho homem olha em direção à mulher, que aponta para um dos lados do rio. — Vá remando para direita, em breve deveremos chegar em nosso destino.

O sujeito acena com a cabeça.

Apesar da chuva forte, a temperatura da mata é quente, tornando o ar insuportavelmente úmido. Moscas, mosquitos e libélulas, além das cigarras estridentes de dentro da mata, também incomodam. A capa e a armadura de couro negras, botas pesadas e luvas de couro deixam o dia ainda mais abrasador.

Ambos avistam na margem direita do rio ruínas de pedra. No passado, talvez tivessem servido de pórtico.

— Barqueiro, eu desço lá.

A mulher começa a arrumar sua mochila e coloca mais uma vez o capuz do manto para ocultar o rosto. O barco para em uma encosta alagada e enlameada. O cheiro de terra negra, de umidade, é muito forte. Naeli pega uma pequena algibeira e entrega para o homem:

— Parte do pagamento. Espere aqui até o próximo amanhecer. Se eu não voltar, o senhor poderá partir.

O barqueiro pega a algibeira e acena em concordância.

A mulher entra na mata em busca de um desejo. Amar mais uma vez aquele que ela mais amou. Por isso se tornou obcecada pelos encantamentos dos reinos dos mortos. Quaisquer outros feitiços não costumavam lhe interessar. Naeli coloca uma máscara prateada, a face da morte, de uma caveira cujos olhos são de esmeralda. A máscara não cobre todo o seu rosto e deixa sua mandíbula aparecendo. Saca e empunha suas duas pequenas foices de lâminas escuras e cabos adornados de pequenos crânios humanos. A máscara e as foices são relíquias antigas com origem em outros mundos. O barqueiro, se soubesse quem estava conduzindo, talvez tivesse recusado o serviço ou, possivelmente, cobrasse mais caro da cliente.

A mulher tem consciência de que carrega poucas almas consigo; poderia ter drenado a alma do condutor para compensar a baixa reserva. É necessário barganhar para utilizar os feitiços aprendidos com a morte. Sua moeda não é um punhado de ouro, mas, sim, de almas. Apesar de ver a morte quase todo dia, Naeli prefere deixá-lo vivo.

# NAS RUÍNAS DE KA'DRATH

Andando sem pressa, ela se embrenha na mata. Os olhos de esmeralda brilham e uma névoa fraca esverdeada em torno das foices também. As botas negras de couro afundam na lama entre arbustos rasteiros e folhas. Naeli espera não ser surpreendida por nenhuma cobra ou outro animal perigoso. A chuva havia parado, dando a impressão de que a selva descansa, mas o calor continua intenso. Muitas vezes na vida somos surpreendidos e nossos planos são suspensos. A mulher não percebe uma armadilha escondida entre as folhas. Escuta somente o dispositivo rudimentar ser acionado e uma corda grosseira, feita de cipó, varre o chão. Naeli tenta reagir, mas sua perna acaba ficando presa. Rapidamente ela é arrastada em direção à copa das árvores e vê a mata de cabeça para baixo.

Naeli nota um vulto entre os troncos; ele está segurando uma lança e corre em sua direção. A mulher não pode pensar muito, deve agir rápido ou terá suas vísceras perfuradas. Ela dobra o abdômen e com um golpe certeiro da fina lâmina da foice corta a corda. Cai ofegante na lama e em uma posição despreparada para o combate, sem nem mesmo ver quem a está atacando. Mal consegue virar e a ponta da lança atinge suas costelas de raspão. Então encara os olhos cheios de raiva de um homem selvagem de pele branca, longos cabelos negros, com enfeites de pena na cabeça e o corpo pintado em vermelho, preto e branco.

A dor é uma forte agulhada, mas não perfura nenhum órgão vital. Ela salta para ficar de pé e coloca-se em posição de combate, enquanto o selvagem prepara a lança para mais um golpe. Naeli vai ter que arriscar. Segura firme o cabo da foice e arremessa com toda força em direção ao peito do inimigo. A foice deixa um rastro esverdeado e mortal, acertando o pescoço. O homem larga a lança e tenta conter o sangue que verte do corte. O corpo cai agonizante na lama.

Naeli se aproxima, retira sua foice molhada de sangue e a coloca na cintura. Põe a mão sobre os olhos do selvagem, as esmeraldas da máscara brilham com intensidade e uma luz avermelhada dos olhos do aborígene começa a ser canalizada. Quanto mais forte fica a luz, mais Naeli sente a força maléfica que está naquele corpo. O homem ainda vivo rosna e fala em uma língua antiga. Quando a luz cessa, a feiticeira arranca um dos olhos do inimigo. Uma energia pulsa entre os seus dedos, então guarda o globo ocular em uma algibeira.

Naeli respira ofegante. Apoia as mãos no joelho, retoma o ar. Verifica o ferimento entre as costelas, que, por sorte, foi bem superficial. Tem a certeza de que deve ter mais cuidado ao andar na selva.

A chuva volta a cair e o calor não dá trégua. A trilha entre as árvores limosas e cipós pendentes perdura por algumas horas. Aos poucos o som da floresta vai diminuindo e Naeli anda com mais cuidado até chegar em uma parte um pouco mais aberta da selva. Não chega a ser uma clareira, mas possui menos árvores. Ali no centro estão as ruínas de um dos mais antigos templos de Ka'Drath. Pode-se dizer que Tuddazar é a região mais antiga de Yhneron. Os primeiros reinos, as primeiras civilizações nasceram nestas terras do sul da ilha. Também foram os primeiros a cultuar e falar com criaturas antigas que habitavam o interior da terra, as sombras e o reino da morte. Ela nasceu a oeste, em uma pequena aldeia do Reino de Dreryn, que, diferente de Tuddazar, é um lugar com cidades mais jovens erguidas em terras férteis. Já a selva ao sul de Tuddazar trata-se de um lugar com entidades nunca cultuadas em Dreryn.

Agora o templo não é nada suntuoso. Grandes colunas estão tombadas e repletas de limo, plantas rasteiras e cipós. A estátua da divindade ou, melhor dizendo, do demônio que era adorado pelas antigas civilizações como um deus está em pedaços. Para alguns, Ka'Drath era uma divindade menor, mas, na verdade, era um esperto demônio que se aproveitava dos seus cultuadores. Pequenas escadas conduzem para um patamar mais elevado. É possível ver pelo menos quatro aborígenes semelhantes ao que atacou Naeli protegendo a entrada. Entretanto, ela não se sabe se outros não estão escondidos na selva.

Naeli concentra-se, os olhos de esmeralda da máscara brilham e surge entre as árvores uma névoa negra, densa e volumosa, que brota entre as pedras e folhas do chão. O gás dança fúnebre em direção ao templo e envolve os aborígenes.

Silêncio absoluto. Nem uma folha cai das árvores. Nenhuma criatura viva parece se movimentar na selva. Só a névoa sibila, invadindo todo o espaço.

Os aborígenes em frente ao templo ficam assustados e posicionam as lanças frente ao perigo que não conseguem enxergar, tentando proteger a entrada do templo. Em instantes a névoa cobre os seus corpos. Respiram forte. Aqueles segundos passam a ser contados como horas. Somente escutam pisadas rápidas nas folhas molhadas. Naeli corre em direção aos inimigos com as foices empunhadas para o ataque. Eles conseguem enxergar apenas um vulto se aproximando e dois pontos verdes brilhantes. As lâminas emitem uma luz pálida esverdeada. A feiticeira salta sobre os dois que estão posicionados mais à frente, acertando-os. As lâminas assoviam no silêncio e os corpos tombam. Os selvagens tentam estancar o sangue que verte e a névoa negra queima os ferimentos. Tentam gritar, mas o sangue inunda a garganta. Os dois da extremidade só percebem os corpos caindo e uma sombra passando em direção ao templo. Usando as lanças tentam, desesperadamente, acertá-la, mas Naeli é mais ágil, desviando dos dois ataques usando o movimento da capa como um recurso de defesa. Um tenta avançar com a lança, mas a mulher arqueia o corpo, ficando com a foice perto o suficiente para decapitá-lo. Outro tenta acertá-la com a lança, mas acaba errando e sendo golpeado também. Mais um sibilo da lâmina. Todos sentem o desespero da dor do corte e das queimaduras da névoa.

A morte sempre esteve presente na vida de Naeli, desde aquele distante dia do seu passado. Rostos agonizantes vira muitas vezes, mas nada era igual como o rosto daquele que morreu em seus braços. Naeli, desde então, não sentia absolutamente nada ao ver corpos perdendo suas vidas.

O decapitado não seria mais útil para ela, logo se aproxima dos outros três corpos. Pega objetos de sua algibeira, incluindo o olho recém extraído do aborígene que tentou capturá-la na armadilha da selva. Coloca um objeto sobre a cabeça de cada um dos corpos inertes. O sangue pulsa das jugulares, como se ainda existisse um pouco de vida. Sopra nos rostos um ar esverdeado que se mistura com a névoa negra, que gradativamente fica cinzenta. O ar verde, frio e sulfúrico entra pelas narinas, boca, orelhas dos cadáveres. Vozes que partiram, mas não atravessaram os portões dos mortos voltam para este reino. Com lentidão, aqueles que tombaram em combate começam a mexer as mãos e os braços. Os olhos reabrem esbranquiçados. O peito começa a arfar o ar. Levantam-se com os pescoços ainda sangrando; segurando suas lanças, posicionam-se em guarda ao lado de Naeli, que está agachada absorvendo o espírito avermelhado revoltoso que não quer ser dominado por aquela que o matou. Mas Naeli precisa de almas, principalmente por não saber o que vai enfrentar no interior do templo de Ka'Drath.

O templo, na verdade, é um mausoléu. Ka'Drath decora a outra extremidade. Seus longos braços surgem como se fossem uma árvore ressequida. Uma enorme boca, repleta de dentes finos, compõe uma face de ódio. A estátua está enegrecida, com algumas partes quebradas. Ossadas antigas cobertas de limo, outros corpos mais recentes, mas em decomposição, estão caídos em torno do sarcófago. São de homens, de mulheres, de crianças, de idosos. Todos daquele mesmo

## NAS RUÍNAS DE KA'DRATH

povo que Naeli enfrentou na selva. Também percebe membros decepados, além dos corpos inteiros.

A tampa do sarcófago fica próxima ao chão. É repleta de símbolos de uma língua antiga não mais conhecida no mundo dos homens. Naeli, no entanto, sabe que se trata de um cântico que conta sobre as almas e o reino dos mortos. Uma fraca luminosidade da selva invade o local. De alguns orifícios no teto entra uma fraca luz, de onde também pingam gotas da chuva. A feiticeira concentra-se, pega um objeto de sua algibeira e uma aura fantasmagórica aparece, revelando o rosto trêmulo de um aborígene com as órbitas dos olhos negras. O corpo translúcido e azulado surge para clarear um pouco mais o recinto.

Com cuidado, Naeli decide empurrar a tampa do sarcófago, mas é muito pesada. Ela olha através de sua máscara para cada um dos seus servos; os três largam as lanças e juntos conseguem empurrar a proteção de pedra, revelando uma escadaria para o interior da terra. O vulto azulado segue flutuante na frente, bem devagar, iluminando os degraus úmidos e sujos de sangue. Logo após, dois servos o seguem, Naeli também e, por último, mais um de seus guardiões, com a lança empunhada para proteger qualquer ameaça na retaguarda.

As escadas terminam em um grande saguão escuro, onde notam-se sarcófagos em pé nas paredes, três de cada lado, encrustados na pedra. Em frente às escadas está um sarcófago maior deitado, como se fosse uma espécie de altar. Esculpida na própria parede, mais uma estátua grotesca de Ka'Drath. Os olhos do demônio parecem observar cada passo. No chão, mais corpos largados. Dilacerados. Cortados. Mutilados. O aposento é frio, fede a umidade, a mofo e a sangue, novo e velho. A aura azulada tremulante posta-se próxima ao teto, no centro do saguão, clareando todo o lugar.

Dois servos posicionam-se em frente à Naeli que, com seus olhos aguçados, enxerga um vulto atrás do sarcófago horizontal, próximo à estátua, bem na direção oposta. Também nota alguns utensílios, pergaminhos e um livro. A feiticeira, então, fala em uma língua antiga, o idioma daqueles que ousam pronunciar vocábulos da morte. O vulto ergue-se e a voz de Naeli embarga, sem acreditar no que vê. É impossível! Mas, ainda assim, ergue-se diante dos seus olhos aquele que ela todo dia sonha reencontrar. Está ali, bem próximo de seus braços, aquele que sem nenhuma explicação morreu. Seu jovem marido. Sente suas pernas fraquejarem.

— Meu amor, estive preso aqui e você me libertou! Sabia que você não me abandonaria. Que não me esqueceria!

— Naeli sente a voz falando dentro de sua cabeça.

Vagaroso, o homem vem na direção dela. Está com a mesma roupa do dia em que morreu. Lágrimas escorrem sob a máscara de Naeli.

— Senti saudades — é a única coisa que a feiticeira consegue dizer.

— Poderemos nos abraçar novamente! Quanto tempo esperei por isso! — A voz do seu marido era calma e entrava em seus ouvidos com suavidade. — Você sabe por que tudo isso aconteceu? Como estão as nossas ovelhas? Sinto falta de nossa casa.

Os servos estão com as lanças bem apontadas para o homem, que toca com calma em uma delas, baixando-a de forma pacífica.

Naeli já esteve em muitos lugares, alguns piores e outros bem melhores do que este. Por que seu marido estaria aprisionado em um túmulo de Ka'Drath?

Ela, desde criança, sempre foi muito forte e esperta, mas, depois que ele partiu, sua obsessão por encontrá-lo tornou-se sua fraqueza. Achou que estava muito fácil reencontrá-lo e no mundo real as coisas não são fáceis. Não era ele quem falava.

Naeli fecha os olhos e sente uma pontada em sua cabeça, muitos pensamentos passando rapidamente, seus melhores momentos vividos em apenas alguns segundos. Então, ela abre os olhos.

— Ataquem! — Naeli ordena. Seu marido desaparece. Agora, diante de Naeli, só mais um aborígene com a pele pintada. Ele é esguio, muito alto, com longos braços finos e ressequidos. As suas mãos são guarnecidas com longas garras afiadas, lembrando galhos de árvores. O rosto com olhos vermelhos que brilham de ódio e uma boca aberta cheia de dentes metálicos, afiados como os de um tubarão, causam medo. Da boca goteja saliva de quem se apetece somente com sangue fresco. Cabelos longos, esbranquiçados e quebradiços compõem sua figura maligna. No lugar do nariz existem dois orifícios, como se fossem as narinas de um morcego. A criatura está com muita sede. Corpos mortos não servem pra saciar sua fome, mas aquela mulher diante de seus olhos, sim. Naeli segura firme suas foices.

Um dos servos da feiticeira avança com a lança, acertando o abdômen da criatura, que, com suas imensas garras, revida perfurando a barriga do guardião. As vísceras se espalham pelo chão. Outro servo tenta avançar, mas a criatura habilmente evita a lança e, com seus dentes, avança no rosto do inimigo. Enquanto devora o homem, com as duas mãos perfura o corpo até as garras saírem nas costas.

Naeli percebe o poder avassalador da criatura. Por um momento hesita entre atacar ou fugir. Durante sua indecisão, a criatura acaba com todos os seus servos. Agora resta somente ela no saguão.

— Como você entra em minha casa, profana meu senhor Ka'Drath e ainda usa meus comandados para erguer lanças contra mim? — a criatura rosna naquele idioma profano.

— Você tem o último livro de Ka'Drath, aquele que revela todas as verdades não ditas sobre o reino dos mortos.

A criatura com rapidez sobrenatural some do local onde estava e surge diante de Naeli. A feiticeira deixa aquele estado de pavor que a congelara por instantes. Tem certeza de que vai morrer, mas isso agora não importa;

com agilidade e toda sua força, gira em torno do próprio corpo e desfere um único golpe com as foices brilhantes. Acerta o pescoço da criatura. A cabeça horrenda rola para o meio do saguão, com a boca abrindo e fechando. Um líquido negro escorre pelo corpo, pela cabeça e na máscara prateada de Naeli.

Ofegante, mas vitoriosa, quase sem acreditar no seu sucesso, a mulher retira a máscara por um momento e aproxima-se do sarcófago. Lá encontra, entre outros materiais, um velho livro de couro pintado com sangue Ka'Drath, que encara com um único olho quem contempla a capa. Por muitos anos Naeli sentia-se incapaz de ser feliz, mas neste instante ela sorri. Aproveita e coloca em sua bolsa mais alguns utensílios que estão sobre o altar.

O dia está amanhecendo, os pássaros cantam na selva.

O barqueiro continua no mesmo lugar. Sentado na proa, ele olha para Naeli e acena com a cabeça. O fluxo do rio começa a se agitar com a chuva que voltava a pingar na floresta. O barco, então, segue o seu curso entre as árvores, entre os longos cipós que tombam. Naeli deixa que a chuva escorra pelo seu rosto. Abre a sacola e joga para o homem o restante do pagamento.

— Espero que você tenha alguém em casa esperando sua chegada com um caneco de cerveja encorpada e quem sabe uma tigela de cozido — diz o barqueiro.

Naeli olha para dentro da bolsa e observa a capa de couro do livro de Ka'Drath. Quem sabe um dia? Quem sabe...

Fecha os olhos e deixa a chuva escorrer pelo rosto. A pequena embarcação segue forte entre as águas agitadas dos rios da selva de Tuddazar.

# Guízer contra a Aranha de Mil Filhotes

## DUDA FALCÃO

### 1. Prisão

O tinir de metal o acordou. A cabeça estava dolorida. Passou a mão na têmpora direita para tentar aliviar a dor. Percebeu o sangue seco e se lembrou de como tinha sido derrubado. Levara uma pancada antes que pudesse argumentar contra o agressor, um soldado do império. Depois disso apagara por completo. Somente agora retornava à consciência, sem saber quantas horas haviam se passado. O lugar fétido e pouco iluminado possuía lampiões instalados no teto do corredor, os quais forneciam uma claridade opaca e doentia.

Guízer não era o único preso amontoado em uma pequena cela. Do outro lado das grades, um homem os observava empunhando um pequeno martelo. Ele vestia uma armadura simples de couro. Era forte, alto e de feições calejadas. Ao seu lado, uma imensa pantera rosnou para os prisioneiros.

— Eu sou o Treinador — disse o homem. — Prestem atenção se quiserem sobreviver. Eu posso mandá-los agora para os níveis mais profundos da masmorra ou então conduzi-los para a glória. O que vocês preferem?

— Eu não devia estar aqui — falou um homem magro, vestido com roupas de nobre.

— Nem eu — disse outro, de aparência mais corpulenta e vestes comuns.

— O destino de vocês já está selado. Os soldados do nosso imperador derrubaram o covil nojento dos rebeldes. Prenderam todos que estavam na Taberna do Rato Cinzento, sem exceção, incluindo vocês e outras pessoas.

— Eu não sou rebelde — tentou argumentar o homem magro. — Sou de uma família rica.

— São bem perigosas quando debandam para o outro lado — disse Treinador, batendo de leve com o martelo nas grades. — Financiam o crime.

— Não é verdade. Meu pai contribui com os impostos e doações para o império.

— Qual é a sua família?

— Nifalls.

— Estão falidos. Não possuem nenhum representante na Mesa dos Conselheiros. A possibilidade de você estar negociando com os rebeldes aumenta a cada frase que me diz.

— Não. De jeito nenhum. Eu não faria isso. Sou fiel ao imperador.

— Vocês comerciantes negociam com qualquer um sem se importar com o que pode acontecer. Pessoas de boa índole não frequentam aquele lugar. — Treinador mostrava impaciência.

— Por favor, deixe-me falar com o meu pai.

— Você vai pagar pelos seus atos, assim como os outros que estão aqui. Vou perguntar de novo: preferem a glória ou as profundezas das masmorras?

— Eu sou uma iniciada — a voz confiante veio da cela na frente da qual estava preso Guízer com os outros.

Uma pessoa toda vestida de preto, de olheiras profundas e rosto cadavérico se aproximou das grades e disse:

— Meu mestre não gostará de saber que fui mantida prisioneira.

— Um mestre dos sonhos? — perguntou Treinador.

— Sim. É melhor me libertar imediatamente.

Treinador por um instante pareceu preocupado. Depois

de alguns segundos de reflexão observando a pequena garota, disse:

— Não existem iniciadas. Somente iniciados.

— Aí é que você se engana. Os tempos estão mudando — sua voz imponente reverberou na cela vazia.

— Qual o seu nome e o de seu mestre? Ele será avisado da sua detenção e, se você for mesmo uma iniciada, a libertaremos.

— Meu nome é Aiomi. Não posso revelar o nome do meu mestre em vão.

— Diga o nome dele ou escolha entre a masmorra ou a glória.

A garota ficou calada. Seu rosto se fechou taciturno com as sobrancelhas arqueadas. Ela se afastou das grades indo para o fundo da cela.

— Pois bem, creio que seu silêncio já diz tudo. Só de pisar naquele antro você e todos os vagabundos que estão aqui não servem para o imperador. Foram destituídos de suas funções, títulos e não adianta chorar. Precisarão sobreviver na arena para ganhar uma nova chance em nossa sociedade. Vocês têm sorte, pois os principais conspiradores já foram identificados e estão recebendo o tratamento adequado dos nossos inquisidores. Assim sendo, daremos o benefício da dúvida para vocês. Vou perguntar pela última vez. Não gosto de perder tempo. Decidam com sabedoria: preferem uma longa temporada nas masmorras, sem previsão de alcançar a liberdade, ou entrar na arena fazendo parte do meu time?

Guízer compreendeu que não tinha nenhuma chance de argumentar contra o Treinador. Entrara na Cidade dos Sonhos com uma carta de identificação falsa. O documento afirmava que era um homem livre que tinha comprado sua liberdade. No entanto, se alguém fosse investigar com cuidado o selo carimbado poderia descobrir a falsificação. Por azar do destino, que nunca fora muito gentil com ele, na noite anterior estava comendo uma parca refeição na Taverna do Rato Cinzento quando os soldados do império entraram para arrastar, bater, prender e matar seus supostos inimigos.

Com certeza não ajudaria dizer que fugira de uma fazenda de papoula púrpura no sul do império. A verdade não comoveria o Treinador e quem quer que fosse da capital. A Cidade dos Sonhos funcionava da exploração da labuta alheia tanto quanto a fazenda de onde vinha Guízer. Lá nas plantações, o seu sangue e o seu suor eram extraídos pelo açoite cortante do chicote dos peões como um aviso permanente de que devia trabalhar sem descanso.

Guízer vivia com os pais e a irmã em uma minúscula cabana de madeira na comunidade vinculada à fazenda de um poderoso senhor de engenho de papoula. O pai, não muito velho, mas com o corpo desgastado pelo sol e pelo trabalho forçado, atualmente produzia o pó arroxeado proveniente da limpeza da flor, do seu esmagamento e da sua secagem. O produto manufaturado, designado como poeira onírica, atingia um alto valor no mercado. Porém, a lei permitia que fosse vendido somente para os mestres dos sonhos e para o imperador. Não foram poucos os contrabandistas que tentaram acabar com esse monopólio. No entanto, sempre que um deles era pego cometendo tal crime, acabava enforcado ou decapitado em praça pública.

A flor de papoula em seu estado natural, se for mastigada ou convertida em chá, induz a um sono profundo. Quem a consome dorme mais de dois dias seguidos, acorda com o corpo dolorido e não consegue se lembrar de nenhum dos seus sonhos. Funciona como um potente analgésico. Porém, suas propriedades se modificam quando as flores moídas secam ao sol. Ingerir a poeira onírica com água deixa o usuário com insônia, aumenta perigosamente suas batidas cardíacas, fortalece músculos, amplia resistência e força física, além de diminuir a sensação de dor. Contudo, nesse estágio de manufatura o seu uso é perigoso, pois pode levar à morte.

Assim que a poeira onírica chega aos pináculos de

esmeralda e torres de mármore rosado dos mestres dos sonhos, passa por um segundo tratamento que somente alguns indivíduos da ordem dominam. Eles produzem dois tipos de bebidas a partir da poeira. A versão mais popular é chamada de Ilusão e costuma ser comercializada em mercados e tabernas da capital. Possui amargor intenso e não cai muito bem ao paladar. Mas logo o relaxamento dos músculos e um leve torpor compensavam a sua degustação. Se utilizada com frequência durante alguns anos, causa dependência e alucinações. Muitas pessoas acabam na sarjeta vendo coisas inexplicáveis provocadas pela substância.

A variante mais poderosa, porém, conhecida como a Sonhadora, doce e saborosa, é fornecida em festividades conduzidas pelos sacerdotes. Iniciados e nobres escolhidos a dedo pelo imperador podem bebê-la. Dizem os privilegiados que ao consumir a bebida conseguem viajar entre lugares, entre mundos, entre dimensões, e até mesmo encontrar os Antigos Deuses arquitetos do universo. Não raro os mais fracos de espírito são lançados em uma espiral de loucura eterna pelo uso inadequado do composto. Por isso, os mestres dos sonhos precisam guiar os usuários com os seus conhecimentos do oculto.

Guízer acabara de completar vinte ciclos planetários em torno do sol e até o momento provara papoula em seu estado natural e em seu estado de poeira. Mastigara a planta no dia em que a mãe costurou o seu braço quando se ferira realizando a colheita. Assim que perdeu a consciência deixou de sentir a dor penetrante que o assolava. No entanto, lembrava até hoje do dia em que acordara com tontura e náusea após mascar a flor.

Para recuperar os seus escravos, o senhor da fazenda permitia que papoula fosse ingerida quando se tratava de um grave acidente. Mas não era sempre, pois precisava que o indivíduo voltasse logo para o serviço. Quem fosse pego utilizando a flor para fins medicinais ou para burlar o trabalho levava chibatadas como castigo. Não admitia o desperdício de sua valiosa matéria-prima.

Já a poeira onírica, Guízer a utilizara algumas vezes. Sabia que o pai, de vez em quando, costumava trazer pequenas quantidades escondidas em um bolsinho imperceptível das calças. Se fosse descoberto por algum peão, o velho corria o risco de perder o nariz. Sim, era a primeira coisa que cortavam. Ele alertou o pai sobre isso; no entanto, o homem não lhe dava atenção quando se tratava de seu vício. Sempre que bebia a poeira, Guízer se sentia mais forte, uma coisa viva parecia correr em suas veias, o coração acelerava a ponto de estourar; mesmo assim se sentia confiante, capaz de salvar os seus entes queridos e seus amigos daquela vida miserável.

Em noites escuras de lua nova, Guízer saía da cabana e treinava sozinho. Executava os movimentos de luta que seu pai ensinara quando ainda tinha a vitalidade da juventude. Aprendera a se movimentar na escuridão como um gato. As sombras da noite o protegiam no único momento em que os peões no alto de suas torres de madeira não conseguiam enxergar a área central da comunidade. De mãos nuas ou com compridos bastões de madeira, sentia-se apto para derrubar até mesmo inimigos com espadas. Mas até aquele momento nunca brigara. O pai o aconselhava para que utilizasse sua força somente na hora certa, sem dar chance para erros. O velho sabia que Guízer queria fugir da fazenda. Mais cedo ou mais tarde isso ocorreria.

Contudo, Guízer não planejava escapar sozinho. Desejava levar a família. No entanto, salvar os mais próximos da tirania significava abandonar os outros. Convivia com esse dilema todos os dias. A melhor solução seria se rebelar contra o senhor da fazenda e os seus peões. O problema é que outras insurreições já tinham sido realizadas e o império sempre socorria os latifundiários e os seus malditos comparsas. A última tentativa acontecera há mais de cinco ciclos solares e fora sufocada com a morte dos líderes. Seus corpos foram amarrados em troncos e eviscerados na frente de toda a comunidade. Quem chorou e quem gritou pelos mortos ficou preso durante dias sem comida, sem água e levando chibatadas. O horror de seus gritos era lembrado por todos, inclusive Guízer, que não deixou nem por um segundo de pensar em como poderia acabar com os opressores.

Eis que chegou o dia que precisou se decidir. Teve de fugir com o consentimento dos pais e abandonar a comunidade. Sua pequena irmã fora comprada por um agente da capital. A família não se conformava com a separação. A mãe chorava todas as noites e o pai parecia ainda mais deprimido do que o normal. A lembrança da menina sendo arrastada pelo comprador atormentava Guízer de maneira constante.

Foi em uma noite de lua nova que ele escalou o muro de troncos de madeira que encerrava a comunidade. Havia confeccionado uma escada de cipós com a ajuda de Serena, sua namorada. Jogou a ponta da corda trançada para o alto dos troncos em forma de lança. Na terceira tentativa conseguiu com que ficasse presa. Subiu sem maiores dificuldades. Chegando ao topo, não teve onde se apoiar. As pontas dos troncos eram afiadas. Teve de passar para o outro lado sem recolher a escada. Pulou de uma altura de seis metros. Escolhera o ponto exato onde iria realizar a fuga. Caiu como um felino sobre um matagal espesso que amenizou a sua queda.

Já fazia algum tempo que não ocorriam fugas. Os peões não estavam realizando rondas constantes. Porém, no dia seguinte, quando o sol estava a pino, um deles viu a escada de cordas dependurada no muro e avisou os colegas. Os peões se mobilizaram para o início das buscas. Reuniram os escravos para contagem e interrogatório. Logo se descobriu quem havia escapado. Somente no final da tarde um grupo de peões saiu no encalço de Guízer acompanhado de enormes cães farejadores. Passaram pelo interior da plantação de papoula e chegaram ao pântano. O escravo havia encarado no escuro a travessia daquele terreno perigoso. Os peões, mesmo com tochas, quase desistiram da busca para não se arriscar por lá durante a noite. Mas seguiram em frente, sob as ordens do seu capitão, pois não podiam falhar com o senhor da fazenda, que costumava ser enérgico mesmo com os homens livres. Quando os sabujos chegaram diante de um profundo curso de um rio estreito pararam a perseguição. Dava para ver nas margens pequeninos olhos que brilhavam à luz das tochas. Eram crocodilos prontos para abocanhar alguma presa se estivessem com os estômagos vazios. Do outro lado da margem o pântano continuava. Além dele se chegaria a uma vila de pescadores. Foi lá que Guízer conseguiu sua carta falsificada e um cavalo que o levou até a Cidade dos Sonhos. O fugitivo pagou pelo serviço e pelo animal com uma pedra preciosa de alto valor que um dia sua mãe roubara da esposa do fazendeiro. Ela trabalhava na cozinha da grande casa dos senhores quando teve a oportunidade. Por não admitir o furto, perdera as pontas das duas orelhas como castigo. Não cortaram os dedos ou uma de suas mãos, pois a esposa ficara em dúvida se não havia perdido a joia em uma de suas festas suntuosas. E como dizia o marido: "as mãos precisavam permanecer no lugar, sem elas a produção nunca é a mesma".

— Eu prefiro a glória. — A resposta de um dos colegas de cela de Guízer interrompeu suas lembranças de como havia chegado até aquele buraco.

— Assim é que eu gosto de ver. Finalmente alguém de coragem — disse o Treinador.

A masmorra, sem dúvida, era uma péssima decisão. Um a um, os que estavam aprisionados aceitaram participar do time do Treinador. Guízer também.

O homem abriu as grades para que eles saíssem.

— Sigam-me.

— Eu também vou — disse Aiomi da outra cela.

— Antes me diga o nome de seu mestre. Se não disser vai apodrecer na masmorra.

Aiomi se calou mais uma vez.

— Pensando bem você não passa de uma menina franzina. Só vai atrapalhar.

— Tenho habilidades que nenhum de vocês tem. Eu posso ajudar.

— Esqueça — sentenciou Treinador, dando às costas para Aiomi.

Antes que o homem conduzisse o grupo para fora daquele lugar, foi surpreendido pela pantera. O animal pulou sobre os primeiros degraus da escadaria que levava para o andar superior e começou a rosnar de forma ameaçadora, obstruindo a passagem.

— Qual o problema, Maia? Ficou louca? — perguntou o Treinador encarando-a.

— Saia da frente — ordenou fazendo um gesto com a mão.

O felino rosnou mais alto, mostrando os dentes afiados, e empertigou a coluna arrepiando os pelos.

— É comida que você quer? — O Treinador pegou um naco de carne que levava em uma bolsinha de couro amarrada à cintura. — Toma!

— Jogou o pedaço sobre um dos degraus.

Maia não deu atenção. Mexeu o rabo e preparou o ataque.

O Treinador percebeu que perdera o controle sobre a fera. Devagar começou a levantar o martelo para se defender.

— Você não precisa fazer isso, Treinador — disse Aiomi. — Senta, Maia.

A pantera relaxou os músculos, parou de mostrar os dentes e se acomodou ao lado do pedaço de carne.

O Treinador baixou o martelo e olhou para Aiomi.

— Você entrou na mente de Maia? — ele perguntou.

— Sou uma iniciada. Eu já disse que posso ser útil.

O homem pegou o molho de chaves e abriu a cela da garota.

— Não deixe que eu me arrependa. E não faça mais isso. Maia é minha.

Aiomi se juntou ao grupo.

O Treinador passou pela pantera ignorando o animal. Era como se tivesse perdido o interesse pelo bicho. Sentiu-se traído. O felino abocanhou a carne e o seguiu. Um carcereiro abriu a porta de ferro que os encerrava, levando-os para outro nível do prédio.

O Treinador, antes que saíssem do complexo prisional, acorrentou os seus jogadores pelos tornozelos e pelos punhos. Poderiam andar soltos pela urbe somente quando ganhassem a confiança do seu proprietário. Somente os lutadores mais velhos costumavam receber um indulto de liberdade.

Guízer saltara de uma gaiola para outra. Sentiu saudade de Serena e dos pais. Será que eles estavam bem? Tinha receio de que pudessem ser punidos pela sua fuga. Um dia ele regressaria para libertá-los. Mas antes precisava salvar a si mesmo para que pudesse enfim procurar pela irmã. Começava a achar que nunca descobriria o paradeiro de Naiara. Em dois dias de capital, não sabia direito por onde começar sua investigação e sem querer se metera em um covil de rebeldes, perdendo a sua frágil condição de liberto.

Já nas vielas movimentadas, Guízer e os outros caminharam entre a população que os olhava com desdém. Apesar dos riscos de menosprezo, perceberam que os transeuntes não se atreviam a fazer chacota com os jogadores novatos, pois eram guiados pelo renomado Treinador e a sua pantera. Depois de duas quadras chegaram a uma propriedade.

Passaram por um portão com dois homens armados de alabardas, que cumprimentaram o Treinador de forma reverente. No pátio, homens e mulheres treinavam. Lutavam com lanças, espadas curtas e longas, martelos e machados. Vestiam armaduras leves de couro e utilizavam escudos. Seus movimentos eram rápidos, mas contidos, para evitar ferimentos graves. O sol marcava o meio-dia no céu azul e sem nuvens. Guízer percebeu a indiferença dos lutadores para com o novo grupo.

O Treinador os conduziu até a forja onde produziam as

# GUÍZER CONTRA A ARANHA DE MIL FILHOTES

próprias armas para os jogos e chamou o ferreiro. Dentro da oficina estava quente. O fogo crepitava no forno.

— Maniwar, chegaram novatos.

O homem parou de amolar uma espada. Era velho, mas seus braços eram torneados de músculos.

— Preparados? — perguntou para os recém-chegados.

Nenhum deles compreendeu o significado daquela pergunta. Maniwar riu com a boca torta e de poucos dentes. Ele se aproximou do forno e pegou uma haste de ferro que continha, moldado em sua ponta, um selo.

— Quem é o primeiro?

— Você não pode fazer isso. Eu quero ver meu pai — choramingou o comerciante da família Nifalls.

O Treinador pegou o rapaz magrelo pelos cabelos e disse:

— Você agora faz parte do time. Já esqueceu?

O homem não esperou por resposta e torceu o braço direito dele até as costas.

— Sou eficiente e rápido — afirmou Maniwar, que levantou a manga curta da camisa e gravou o selo do time do Treinador no ombro. A pele queimou, exalando um cheiro de carne suada.

O comerciante gritou e, em seguida, foi solto pelo Treinador.

— Quem é o próximo? — perguntou o ferreiro.

— Eu — disse Aiomi.

— Corajosa — falou Maniwar. — Vou apostar em você quando estiver na arena.

Aiomi não gritou. Mas Guízer pôde ver a raiva em seus olhos castanhos e avermelhados. O fugitivo da fazenda de papoulas deu um passo à frente e foi o próximo a ser marcado. Esse era o segundo sinal que recebia. O primeiro fora gravado no ombro esquerdo quando ainda era criança. Não tinha idade para se lembrar, mas a mãe contou que ele chorara e tivera febre durante duas noites.

— Seu ombro esquerdo tem a marca de um engenho — disse Maniwar. — Você é um fujão?

Guízer, mesmo acorrentado, conseguiu colocar a mão no bolso das calças e seu coração disparou quando não encontrou o seu documento de identidade. Mesmo naquela nova situação de aprisionamento não queria ser entregue ao senhor da fazenda.

— Está procurando por isso? — perguntou o Treinador enquanto lia o documento.

— Seu nome é Bãtler?

— Sim — disse Guízer sem titubear. Aquele era o nome que o falsificador lhe dera ao confeccionar a identidade.

— Depois que você foi preso no covil dos rebeldes esse documento não vale nada. — O Treinador rasgou o papel e jogou os pedaços para o alto.

Guízer rilhou os dentes, mas conteve o ímpeto de pular sobre o pescoço do Treinador.

— Eu comprei todos vocês de acordo com a lei do império. Vocês são meus agora. Assim como tudo que está dentro dos muros dessa propriedade. E vão lutar na arena para entretenimento dos cidadãos da Cidade dos Sonhos. Com boa sorte, um dia vocês poderão ganhar minha confiança e ter uma vida de luxo. Até lá, respeitem minha posição e minhas ordens.

— Seguir as ordens do Treinador é a melhor opção — disse Maniwar.

— É a única opção — falou o Treinador. — Continue marcando esses novatos, ferreiro. Depois os encaminhe para o refeitório. Preciso de guerreiros fortalecidos o quanto antes. Em seguida diga para um dos pajens levá-los até o doutrinador. Eles precisam saber como funcionam as regras da casa.

O Treinador deixou a oficina. Maniwar fez como o mestre orientou e o grupo, depois de uma farta refeição, conheceu um homem idoso conhecido por ensinar modos de convivência na casa.

No dia seguinte, depois de uma noite de sono em uma cama razoavelmente macia, em um alojamento com um único quarto coletivo, os novatos acordaram com um toque de trombeta. Seguindo os passos dos mais experientes, tiveram a primeira palestra com o Treinador falando sobre como vencer um combate. Em seguida, treinaram no pátio lutando contra outros jogadores. Pela primeira vez Guízer empunhou uma espada curta, o gládio, uma das armas preferidas dos gladiadores. Notou que não seria fácil se adaptar, pois estava mais acostumado com bastões e, além do mais, pensava apenas em como fugir de lá. Sua desconcentração na luta permitiu que o colega de treinamento o acertasse mais de uma vez no peitoral de couro batido e causasse cortes leves em seus braços e pernas.

Quando Guízer olhava para o alto dos muros sempre encontrava um arqueiro pronto para disparar uma flecha em quem tentasse escalá-lo. Sem dúvida, essa seria uma via de evasão bem arriscada. Precisava encontrar outra maneira de deixar aquela prisão. Não desistiria de encontrar outra vez a sua liberdade. Só ainda não sabia como.

## 2. Arena

Três dias se passaram desde que Guízer fora aprisionado. Trocara poucas palavras com outros gladiadores. Preferia observar e ouvir a tecer qualquer comentário. Não queria entregar seu passado de bandeja para curiosos. A pessoa que mais lhe chamava atenção do grupo de novatos era Aiomi. A menina também era calada e os seus olhos pareciam observar tudo atentamente. Guízer se aproximou algumas vezes dela e não conversaram mais do que trivialidades sobre o tempo e o gosto da comida que serviam no refeitório. Ele a estudava e ela fazia o mesmo. Não dava para confiar assim tão rápido em qualquer pessoa naquele antro. Os jogadores, fossem experientes ou novatos, pareciam prontos para denunciar qualquer um que tivesse intenções de fuga ou de rebelião para obter prestígio e favores do Treinador.

No quarto dia, trafegaram por um túnel subterrâneo que ligava a propriedade do Treinador à principal arena da Cidade dos Sonhos. Os novatos com tão pouco tempo de treinamento tinham grande probabilidade de ser presa fácil. Mas para o seu proprietário o que mais importava naquele momento era completar o mínimo de jogadores para o combate. Além disso, um comparsa do Treinador tinha a orientação de apostar na morte dos seus gladiadores mais fracos. Até na derrota existia a possibilidade de se ter lucro.

Tochas eram acessas no trajeto por Lone, um dos homens de confiança do Treinador. Ele caminhava bem à frente do grupo. A expressão de seu olhar era como a de uma serpente pronta para o bote.

O Treinador acompanhado de Maia, paramentada para o combate com uma armadura que protegia seu lombo e um elmo sobre a cabeçorra, conduzia vinte e três jogadores em uma mescla de gladiadores experientes com os recém-comprados. Guízer ficou ao lado de Aiomi e perguntou para a garota:

— Quantos anos você tem?
— Qual o motivo da curiosidade? — ela devolveu sem encará-lo.

— Você não se acha muito nova para morrer?
— Eu não vou morrer. Você é que precisa se cuidar.
— Luto melhor com uma espada do que você.
— Percebi. Você mal sabe segurar o punho de um gládio. E, no meu caso, a espada é só pra desviar a atenção. Não preciso realmente dela. Tenho truques escondidos na manga. E você tem alguma coisa que possa salvá-lo além do fio de uma espada que não sabe usar? — Olhou para ele com ar de preocupação.

— Resiliência.

Os dois permaneceram calados no restante do trajeto, mas se mantiveram lado a lado como se pudessem contar um com o outro. Chegaram diante de uma porta dupla que foi aberta por Lone. Naquele mesmo instante puderam escutar os gritos abafados de uma multidão. Entraram no vestiário do Treinador, que ficava um nível abaixo da arena.

Lone acendeu lampiões. O lugar era abafado, cheirava a sangue seco e suor. Possuía bancos e cadeiras espalhadas em que alguns jogadores se acomodaram. Nas paredes ficavam dependuradas armas e armaduras de segunda mão. Talvez fossem necessárias para reposição, pensou Guízer, já que todos vieram preparados para a luta.

Guízer vestia uma armadura completa de couro batido com corselete, saiote, braçadeiras, grevas e sandálias. Os outros novatos também, incluindo Aiomi. Os gladiadores experientes vestiam armaduras mais sofisticadas e resistentes. Outros tinham cotas de malha sobre o couro e alguns vestiam elmos. Integrantes do mesmo time tinham equipamentos diferentes.

Armeni, o comerciante da família Nifalls, caminhou pelo vestiário procurando por um equipamento melhor. Guízer e Aiomi não se deram esse trabalho, apenas prospectaram com os olhos. Nenhum dos dois enxergou algo que pudesse substituir o que utilizavam naquele momento.

O Treinador foi até o centro da sala e começou o seu discurso de combate. Inflamou os gladiadores dizendo que eram os mais qualificados da Cidade dos Sonhos. Que os outros dois times que os confrontariam não eram capazes de vencê-los. Que eles possuíam os melhores armamentos. Nesse ponto o Treinador foi interrompido pela inexperiência de Armeni:

— Por que os mais velhos podem usar armaduras de metal e nós que chegamos agora usamos esse couro que nos dá pouca proteção?

— Por onde você andou todos esses anos, comerciante?

— Como assim? Eu sempre vivi na capital.

— Pois não parece. Você não sabe nada sobre os jogos?

— Nunca foi do meu interesse. Existem outras atividades na Cidade dos Sonhos.

— O doutrinador não falou para vocês sobre a história, nosso sistema e regras?

— Falou — disse um dos novatos que buscava a confiança do Treinador. — O idiota dormiu na palestra do doutrinador.

— Não. Eu não dormi — Armeni tentou se defender.

— Se eu ouvir mais um pio seu, mando Maia arrancar a sua cabeça. Vou repetir o que o doutrinador deve ter dito. Os campeões, maiores pontuadores dos jogos, recebem prêmios em dinheiro e podem gastar seus recursos em equipamentos. Entendeu? Eu mesmo gerencio as premiações. Mais alguma dúvida? — O Treinador parecia impaciente. — Vocês sabem quais são as regras para o jogo de hoje ou preciso repetir?

Os novatos ficaram calados.

Um gongo estridente soou do lado de fora do vestiário.

— Chegou a hora — disse o Treinador. — Vamos!

Lone abriu uma porta simples de madeira. Todos caminharam por um curto corredor de pedras escuras. O imediato, ajudado por um gladiador, levantou uma pesada trave de madeira de uma porta dupla de ferro. Quando a abriram, o Treinador passou por ela acompanhado de Maia. A multidão gritou ensandecida:

— Treinador, Treinador, Treinador!

O proprietário do time levantou um dos braços para acenar para a torcida, que retribuiu com mais aplausos. Uma pequena parte do público sobre uma entrada oposta vaiava sem que suas vozes pudessem atrapalhar o momento de exaltação ao Treinador. Pela primeira vez Guízer contemplava o interior de uma arena. Se perguntassem o que tinha achado, diria que estava impressionado com a reação da multidão e a vibração sutil que causava em seu peito.

As sandálias de Guízer pisavam uma areia de tons amarelados e vermelhos. O formato da arena era oval. Paredes irregulares de oito metros de altura antecediam as arquibancadas. Havia uma mureta em toda a sua extensão. Existiam portas duplas em quatro pontos e mais quatro portões de ferro intercalados entre elas que guarneciam túneis escuros.

Por enquanto, somente a porta do time do Treinador estava aberta. Então, na outra extremidade, escancarou-se a porta pela qual entrou um dos times adversários. Depois foi aberta mais uma, revelando o terceiro e último time daquela tarde de combate. Todos tinham um técnico à sua frente e vinham compostos com o mesmo número de gladiadores novatos e experientes. Os jogadores novatos se distinguiam pelas armaduras de corselete de couro e os gládios que empunhavam. Os outros vestiam melhores equipamentos e suas armas podiam ser cortantes e de impacto. Nenhum dos jogadores empunhava armas de arremesso como lanças, alabardas ou arpões. Alguns carregavam redes, que não podiam ser utilizadas contra adversários de outros times; serviam apenas para capturar animais selvagens quando apareciam dos túneis.

No centro da arena um buraco quadrado se abriu, revelando uma passagem secreta. De lá surgiu um homem sendo elevado em uma plataforma mecânica. Ele vestia um manto verde-escuro que escondia seus músculos e o restante de suas roupas; nas mãos usava manoplas e nos pés, pesadas botas de ferro. Em um cinto carregava uma espada longa de punho cravejado de pedras lunares. Sua altura chegava a dois metros e trinta. O rosto quadrado e a cabeça careca mostravam inúmeras cicatrizes. Já não era mais jovem; seu olhar profundo presenciara mais de cinquenta ciclos planetários em torno do sol.

— Quem é? — perguntou Guízer em um sussurro para Aiomi.

— É um dos maiores campeões da década em nossa cidade. Já faz alguns anos que foi promovido para o cargo de arauto dos jogos. Nunca perdeu um combate.

A plataforma chegou a três metros de altura, sustentada por uma estrutura de metal. Se antes a multidão gritava a plenos pulmões, agora se ouvia o vento tremulando as bandeirolas dispostas ao longo da borda superior do estádio. O arauto dos jogos começou seu discurso de abertura:

— Cidadãos da Cidade dos Sonhos, sejam bem-vindos!

Assim que o homem falou, outros arautos de menor importância repetiram suas palavras espalhados por cantos estratégicos. Os presentes deviam escutar as boas-vindas e as regras daquela sessão de jogos proferidas pelo ex-campeão.

— Hoje temos três times na mais prestigiada e imponente arena do império. Dois deles são da capital e o outro, visitante de Karmalis. — O homem fez uma pausa para que os outros pudessem repetir o que dizia. — Teremos apenas um combate no dia de hoje. Um combate especial. Tenham certeza! — A plateia se conteve para não aplaudir; ainda não era o momento para ovacionar o arauto dos jogos. — Como primeira regra, os técnicos de cada time foram avisados previamente: jogadores experientes podem atacar apenas jogadores experientes. Novatos lutam contra novatos. O time que desrespeitar essa premissa será desclassificado. — Ele realizou mais uma parada.

— Segunda regra: jogadores inconscientes ou caídos que peçam clemência levantando a mão e mostrando a palma para o inimigo deverão ser poupados. Caso a clemência não seja dada, o jogador que executou o adversário poderá ser apenado com a morte, de acordo com decisão dos nossos juízes.

— Tenha cuidado. Muitas vezes não dá tempo de pedir clemência — disse Aiomi bem baixinho, somente para Guízer ouvir. — E, dependendo dos juízes, se o pedido não foi claro o suficiente o infrator não é punido.

O campeão veterano continuou:

— Essas são as regras básicas. Seguidas em quase todos os jogos. Como serão marcados os pontos nessa tarde magnífica? O imperador sugeriu uma surpresa.

Ouviram-se murmúrios entre a plateia e até mesmo entre os gladiadores. Nenhum dos técnicos esperava por imprevistos. Quando os times eram convocados pelos organizadores dos jogos para o combate sabiam de antemão todas as regras que seriam utilizadas.

Foi então que no balcão dos nobres despontou o imperador vestindo sua inconfundível túnica amarela. Ao lado dele caminhava a esposa em um esvoaçante vestido carmesim. Pálidas como criaturas que não se relacionavam com o sol, davam a impressão de frieza. Os dois sentaram em confortáveis almofadas em tronos de ouro. Os nobres que estavam no balcão se curvaram em respeito. O povo nas arquibancadas também. Em seguida a multidão gritou em uníssono:

— Vida longa e belos sonhos ao imperador. Vida longa e belos sonhos ao imperador. Viva o imperador. Viva.

O imperador e a imperatriz preferiam os seus amplos aposentos do palácio. Não costumavam abandonar suas dependências a não ser que fosse por algo muito importante. A surpresa mencionada pelo arauto dos jogos devia ser um verdadeiro atrativo. O líder fez um sinal para que o porta-voz continuasse.

— Já faz alguns anos que ela não põe seus pés nesse campo. Estava adormecida gerando uma numerosa prole. Ela foi dopada para diminuir seus movimentos. Mas os seus filhotes são ágeis e letais. Quem é ela?

Dois segundos foram suficientes para um cidadão responder com toda a força de seus pulmões:

— Aracne!

Outro gritou o mesmo nome e outros mais gritaram em conjunto. As arquibancadas estremeceram.

— Não esperava por isso — disse o Treinador, com evidente preocupação, para o seu time.

Aiomi pegou a mão de Guízer.

— Se quiser sobreviver fique perto de mim.

— Quem é Aracne?

— Você vai ver. Tente não se intimidar. Sentir medo não vai ajudar.

Mesmo sendo final de tarde e o pôr do sol contribuindo para um céu rosado, tochas foram acesas ao longo das paredes da arena.

— Por que estão acendendo as tochas? Ainda é cedo — disse Guízer.

— O fogo afasta e impede que as aranhas fujam da arena. O arauto fez um sinal para que a plateia silenciasse.

— Aracne é invencível. Sua carapaça é dura como rocha. Suas pernas, tão fortes como troncos maciços de árvores centenárias. Acertá-la não gera nenhum ponto. Derrubar adversários de outro time, deixando-os inconscientes, continua valendo um ponto. Mas o objetivo principal de vocês é matar os filhotes. Quando trezentos deles forem eliminados a partida será encerrada. Serviçais dos jogos entrarão na arena e vão empurrar com tochas banhadas em ervas aromáticas Aracne e a prole sobrevivente para o mesmo túnel de onde vieram. Cada filhote executado valerá três pontos. Em caso de empate ganha o time que tiver o gladiador com a melhor pontuação. Aracne, por sua vez, vence se todos os jogadores conscientes pedirem clemência na direção do balcão do imperador. Não me façam passar essa vergonha!

Gargalhadas irromperam entre a plateia. Guízer sabia que cada time contava com vinte e três integrantes, mais o técnico e a sua mascote. Cada um precisava matar uma média de quatro filhotes para acabar o combate. Se ao menos soubesse como eram esse filhotes, poderia avaliar se seria uma tarefa fácil ou difícil.

— Cidadãos, façam as suas apostas! Como sempre, eu vou apostar nos gladiadores. O jogo vai iniciar — sentenciou o arauto.

A multidão bateu palmas e ovacionou o ex-campeão. Funcionários da arena começaram a circular entre as pessoas anotando e recolhendo as apostas. Os cidadãos podiam apostar na criatura, nos times ou então nos jogadores. Algumas pessoas também apostavam entre si. Quem não cumprisse com o compromisso de pagar as apostas costumava ser castigado severamente pela lei.

Enquanto as pessoas decidiam onde investir suas moedas com o semblante gravado do imperador, a plataforma do arauto descia para o interior da terra. Depois que o fundo falso foi fechado por um mecanismo, um homem no ponto mais alto da arena bateu com um martelo de madeira em um gongo gigantesco.

— Vai iniciar — disse o Treinador para o seu time.

— Se posicionem como eu mencionei.

Os gladiadores experientes se colocaram em uma linha de frente, os novatos atrás e o Treinador atrás de todos com Maia. Os técnicos de cada time tinham o direito de bater em jogadores adversários, mas somente outro técnico podia golpear um técnico. Sendo assim, gladiadores podiam apenas se defender de suas investidas. Técnicos, em geral, eram domadores e entravam com suas feras na arena. Um dos adversários do time do Treinador trouxera consigo um crocodilo e o outro, um enorme abutre-rei. Feras atacavam e podiam ser atacadas por qualquer um. Elas costumavam ficar ao lado dos técnicos para protegê-los. Uma fera abatida valia cinco pontos para o matador. Isso incentivava a aproximação dos adversários. Um técnico inconsciente ou morto dava a vitória para a equipe que conseguisse esse feito. Diziam as línguas afiadas da cidade que os técnicos costumavam se encontrar em locais secretos para firmar acordos de não agressão; dessa maneira, se perpetuavam como líderes de seus times e proprietários das estruturas de treino.

Técnicos se tornavam domadores quando aprendiam noções básicas de hipnotismo para controlar seus animais. Para que isso acontecesse recebiam instruções de um mestre dos sonhos. Porém, nunca eram ensinados a obter o mesmo resultado com pessoas. Controle da mente humana e telepatia entre humanos era uma exclusividade dos sacerdotes oníricos, grau mais elevado dos mestres dos sonhos e uma raridade entre eles. Diziam que o vizir Baomé, conselheiro mais próximo do imperador, tinha a capacidade de ler com clareza pensamentos. Além disso, podia induzir indivíduos de pouca força de vontade a cometer atos criminosos que incluíam até mesmo o suicídio. Pouco se sabia sobre o misterioso homem.

Mais uma batida do martelo no gongo foi dada. O maior dos gradis de ferro começou a ser içado. Lone, que não era um gladiador, se afastou do grupo. Ele subiu uma escada de madeira para se posicionar em uma torre do mesmo material que ficava a dois metros do chão, posicionada junto à parede, próxima da porta por onde o seu time havia entrado. De lá, o imediato observaria todo o combate para anotar em um livro as pontuações do jogo. Quando a contenda terminasse, podia comparar com os resultados divulgados pelos juízes que se sentavam na tribuna de honra com os nobres e o imperador. Caso houvesse alguma discrepância nos números anunciados, tinha o direito de solicitar uma revisão. Poucas vezes fizera isso, pois o imediato que tentasse enganar os juízes mostrando estatísticas falsas perdia a mão logo em seguida, ainda na presença do público.

Pelo portão, os jogadores e o público viram um bando de cães magros e sarnentos correndo para o centro da arena.

— Um chamariz — disse o Treinador. — Mantenham as suas posições.

Ocorreu um minuto de silêncio que pareceu eterno. A tensão enrijecia os corpos dos jogadores e suspendia a respiração do público. Então surgiram as primeiras aranhas. Seus corpos eram um pouco maiores do que os dos cachorros. Os filhotes tinham somente seis pernas finas com patas em forma de pinça como as dos caranguejos. Os abdomens pareciam resistentes carapaças de jabutis. O cefalotórax de cada uma delas era protegido por uma pelagem espessa. E as cabeças triangulares apresentavam seis olhos e uma boca com dentes afiados.

O técnico do time do crocodilo gritou uma palavra de ordem. Os seus gladiadores experientes avançaram contra as aranhas mais próximas procurando acertar suas cabeças. A multidão berrou excitada. Finalmente o combate iniciara.

Um cão sarnento fugindo dos predadores correu na direção do time do Treinador. Atrás dele vinham duas aranhas. Elas se movimentavam rápido. Uma deu um pulo de três metros de distância, alcançando a presa com seus dentes. Um dos maiores pontuadores do Treinador não perdeu tempo e, chegando próximo da criatura de seis patas, acertou com seu machado entre os olhos da coisa. Sangue verde espirrou e suas pernas se contraíram em espasmos. Talvez não fossem assim tão fortes como seu aspecto horrível representava, pensou Guízer, tentando controlar o nervosismo da estreia no estádio. A ação do gladiador fez com outros jogadores experientes fossem em direção dos aracnídeos.

— Vem — disse Aiomi para Guízer. A garota se posicionou atrás de um dos maiores gladiadores do time do Treinador. Ele serviria de barreira, já que foram proibidos de carregar qualquer tipo de escudo para o combate.

Sem questionar, Guízer seguiu a orientação de Aiomi.

Mais aranhas entravam na arena, infestando-a. Para sobreviver os três times teriam de lutar juntos. Não havia tempo para combater entre si. Contudo, Guízer enxergou um integrante da equipe do crocodilo acertar com um martelo de guerra a cabeça de uma jogadora adversária. A mulher caiu inconsciente. Seus colegas não puderam ajudar, pois já estavam lidando com as aranhas que os atacavam.

— Cuidado — gritou Aiomi.

Guízer ainda estava impactado pela velocidade do combate. Ao seu lado, uma aranha se aprontava para dar o bote. Por instinto, Guízer realizou um movimento em linha reta, da direita para a esquerda, e com o gládio decepou uma das pernas da criatura. Depois fez outro movimento, agora de baixo para cima, acertando o queixo e quebrando os dentes da coisa. A adrenalina disparou o seu coração. Aiomi deu um pulo e cravou a espada na cabeça do monstro.

As aranhas se aglomeraram em um grupo de seis,

mostrando certa inteligência, e atacaram um novato que se desgarrara do time do Treinador. As criaturas derrubaram o homem que, sem chance de defesa, começou a ser devorado. Guízer chegou a se movimentar para ajudá-lo, mas Aiomi o segurou pelo braço e disse:

— Aquele entregaria qualquer um de nós por uma garrafa de Ilusão. Lembra que ele disse que o Armeni dormiu em uma das palestras do doutrinador? Mesmo que fosse verdade, ele não devia jogar alguém que está no mesmo barco para os tubarões.

Guízer não teve tempo de responder. Empurrou Aiomi para o lado antes que ela fosse pega por uma das patas de alicate de uma aranha. Enfiou a ponta de seu gládio entre os olhos da monstruosidade, que estremeceu antes de morrer.

Ouviram-se mais gritos ensandecidos da plateia. Guízer imaginou que estava sendo aplaudido por abater uma das criaturas, mas quando olhou em direção do túnel aberto entendeu por que toda a vibração, admiração e medo. Lentamente Aracne surgiu se esgueirando para dentro da arena. Uma de suas enormes patas dianteiras apanhou com precisão um cão que ainda não fora pego.

Era uma aranha gigantesca com oito pernas cabeludas. Não fosse pelas tochas que a desencorajavam ao longo das beiradas das paredes, poderia escapar com facilidade da arena. Devia medir entre seis e sete metros de altura. Parecia com as suas crias, porém tinha dezenas de olhos na cabeça e dentes que pingavam uma saliva verde da bocarra guarnecida por quelíceras em forma de unhas. No final do abdômen, diferente da prole, apresentava uma evidente fiandeira capaz de produzir teia. Em seu exoesqueleto repousavam mais e mais filhotes. Era impossível saber quantos. Eles se amontoavam sobre a mãe. Se os juízes dissessem que ali se aglomeravam mil filhotes qualquer um acreditaria. O sangue de Guízer, assim como o de outros combatentes, gelou nas veias.

Os filhotes começaram a pular do abdômen da genitora. Procuravam por vítimas. Queriam se alimentar. O time do urubu-rei estava mais próximo de Aracne quando ela entrou. Eles foram atacados sem misericórdia. Os experientes do grupo foram divididos durante uma luta ferrenha pela sobrevivência. Assim se abriu um espaço pelo qual passaram quatro aranhas, as quais chegaram até o técnico do time. Ele empunhava um machado duplo e acertava tudo o que via pela frente. A ave de rapina, gigante para os padrões naturais, atacava com garras e bicadas os aracnídeos. Os novatos foram esmagados, sem chance de resistir às pinças e aos dentes vorazes.

No outro time, o crocodilo abocanhava aranhas como se estivesse acostumado com aquele tipo de refeição. O veneno que tentavam inocular no réptil não atravessava sua pele dura e resistente. O seu técnico utilizava uma foice para cortar pernas e cabeças. Os dois pareciam uma mesma máquina de matar, atuando com plena conexão e confiança.

O Treinador sacou uma espada curta com a mão esquerda para cortar os inimigos. Com a mão direita martelava as cabeças dos aracnídeos. Maia escapulia dos botes e acertava suas garras nos olhos das criaturas, deixando-as mais debilitadas para os golpes do seu domador.

Três filhotes se aproximaram de Guízer e Aiomi. A garota levantou a mão esquerda em um gesto de pare para uma das criaturas. Os cinco olhos do animal lacrimejaram em contato com o olhar penetrante da iniciada. A mesma criatura que parecia prestes a atacar se voltou contra as irmãs. Atacou a própria espécie. O bando se engalfinhou e rolou pelo chão da arena entrelaçando pernas, dentes e pinças. Guízer viu sangue escorrer de uma das narinas de Aiomi.

— Você está bem? — ele perguntou.

— Estou. E, antes que faça mais perguntas, fui eu que provoquei a briga entre elas. Não temos tempo para conversar. Veja. Mais duas estão chegando.

Uma das aranhas investiu tentando picotar Guízer com o seu alicate natural. Ele desviou com agilidade e cravou o gládio na boca gosmenta. Porém, quando tentou arrancar a espada não conseguiu. A arma ficara presa. Outro filhote pulou sobre Guízer, derrubando-o. Os dentes sedentos quase encontraram o seu pescoço. Contudo, o fugitivo da fazenda de papoulas havia trabalhado duro durante toda a vida. Seus músculos eram torneados e resistentes. As mãos calejadas impediram que fosse atingido. A mão esquerda abaixo da boca peluda afastava a mordida e a mão direita segurava parte da cabeça. Com as pernas conseguiu empurrar o monstro para longe de si. Mas a aranha ainda não estava derrotada. Aiomi jogou a própria espada para Guízer, que a pegou ainda no ar. A criatura se aprontou após o golpe e pulou sobre o humano. Seu abdômen encontrou a espada, fazendo com que suas vísceras fedorentas se espalhassem.

Aiomi ajudou Guízer a sair debaixo do animal. As aranhas agora pareciam ganhar terreno, enquanto os gladiadores começavam a perder a batalha. A dupla viu um filhote pegar com um pulo, em pleno ar, o abutre-rei do treinador do time adversário. O homem, consternado com a morte da sua mascote, foi rodeado por aranhas e não conseguiu sobreviver ao ataque mesmo se esforçando ao máximo para acertá-las com o seu grande machado de guerra.

O time do Treinador parecia com as forças exauridas. Dos novatos, além de Guízer e Aiomi, somente Armeni continuava vivo, protegendo-se atrás de Maia. O público vibrou ao presenciar o técnico domador do crocodilo investir contra Aracne. Ele acertou a criatura com a foice em uma de suas pernas. Talvez estivesse desesperado, pois seu time começara a perder gladiadores como se fossem moscas. Sangue escorreu revelando um ferimento, mas que não era profundo o suficiente para abalar a coisa. Naquele momento, o monstro utilizou de uma arma natural. Virou o abdômen na direção do agressor e lançou de sua fiandeira teias de seda que o prenderam como um inseto pronto para ser devorado. Logo restaria em pé na arena somente a prole da aranha.

— Precisamos fazer alguma coisa. Do contrário vamos morrer! — disse Guízer.

O fugitivo e novo gladiador, sem esperar qualquer observação da companheira de time, correu com um único alvo em sua mira. Desviou de uma aranha que tentou atingi-lo com as pinças cortantes e, então, lançou o gládio, de maneira que rodopiasse na vertical. A arma, como se fosse um bumerangue, acertou em cheio o órgão que produzia a teia, cortando-o. Pelo buraco da fiandeira escorreram imediatamente litros de sangue e quilos de teia. Aracne guinchou de dor e quatro de suas pernas traseiras foram ao chão. As outras aranhas pareceram desorientadas, como se pudessem sentir o sofrimento da mãe. O público gritou como se não acreditasse no que estava acontecendo. O imperador e a imperatriz levantaram atônitos de suas cadeiras. Aproveitando a desorientação das aranhas, até Armeni acertou uma delas na cabeça.

Nesse instante, Lone gritou o mais alto que pôde:

— Trezentos filhotes! Trezentos!

Os imediatos dos outros times também começaram a gritar "Trezentos" e foram acompanhados pelo público. Uma porta de ferro não demorou em se abrir. Uma grande quantidade de funcionários da arena entrou em campo e começou a acender tochas com cheiro de ervas estranhas. Com elas foram cercando as aranhas sobreviventes. Aracne se arrastou com a sua prole para o mesmo túnel de onde havia surgido. O gradil de ferro foi fechado, encerrando a monstruosidade e os seus filhotes. O espetáculo terminara.

Jogadores experientes do time do Treinador levantaram Guízer nos braços, sem que ele conseguisse evitar, e a plateia o aplaudiu. Nunca outro gladiador havia ferido Aracne daquela maneira. O imperador e a imperatriz se retiraram. Após alguns minutos, o fundo falso do centro da arena se retraiu para que surgisse mais uma vez o arauto dos jogos.

O ex-campeão divulgou os números dos juízes e os vencedores daquele combate.

### 3. Uma decisão importante

No dia seguinte ao grande evento da arena, antes que Guízer e Aiomi pudessem almoçar, foram interceptados por Lone. O imediato disse que o Treinador queria vê-los em sua sala de reuniões. A dupla seguiu o lacaio do técnico. Ele abriu a porta e indicou que entrassem. Aiomi entrou antes de Guízer. Os dois chegaram a uma sala repleta de tapetes, uma grande mesa de reuniões com cadeiras confortáveis e uma rica cortina amarela que fazia divisa com uma sacada. Maia se levantou de uma almofada e se aproximou da garota. Aiomi fez um carinho na cabeça da pantera e sorriu quando viu Yzzo, o seu respeitado mestre dos sonhos, em pé ao lado da cortina. Na cabeceira da mesa o Treinador emborcou uma caneca de Ilusão. Em frente a ele, um saco de couro que parecia cheio.

— Vocês dois são propriedade desse mestre. Ele os comprou. Não me pertencem mais.

O Treinador parecia irritado, mas, ao bater na sacola de moedas e escutar o tilintar que produzia, tentava se convencer de que tinha recebido um bom valor pelos dois.

— Foi bom negociar com você, Gertz — disse Yzzo sem mostrar os dentes e revelando o verdadeiro nome do Treinador.

Yzzo era alto. Os cabelos compridos, escorridos e negros ultrapassavam os ombros. Vestia um manto roxo de mangas largas. Não era possível ver mais do que os seus longos dedos repletos de anéis de caveiras. Empunhava um cajado, com uma pedra estelar em seu centro, para ajudá-lo a se locomover. A perna esquerda era menor que a direita. Seus olhos eram antigos e emoldurados por rugas. A boca branca combinava com a pele pálida e esticada.

— Vamos — o mestre dos sonhos disse para Aiomi e Guízer.

Aiomi percebeu que Guízer diria alguma coisa, então falou antes que ele pudesse se pronunciar.

— Mestre! Posso levar Maia? Ela quer ir conosco.

— A garota continuou acariciando a pantera.

O Treinador levantou da cadeira, derrubando-a.

— O que você está pensando, fedelha? Aqui é a minha casa. Você não tem o direito de pedir isso.

— Quanto custa? — o mestre dos sonhos perguntou encarando o Treinador.

— Ela não está à venda.

A pantera rosnou para o Treinador.

— Acho que ela não quer mais a sua companhia. É melhor vender, Gertz.

O Treinador deu um tabefe no copo de Ilusão, que voou na parede.

— Leve essa ingrata. Deixe uma dúzia de garrafas de Sonhadoras em minha adega.

— Ela não quer mais permanecer aqui. Enviarei uma garrafa amanhã. Tenha bons sonhos. Que os Antigos o protejam — decretou Yzzo.

O Treinador, indignado, se calou. O mestre saiu da sala acompanhado por Aiomi, Guízer e Maia. Eles deixaram a propriedade sem conversar e começaram a caminhar pelas ruas da Cidade dos Sonhos.

Guízer não se sentiu ameaçado por Yzzo. Poderia ter fugido ali mesmo. Mas ainda não entendia por que tinha sido comprado pelo mestre de Aiomi.

— Eu não vou ser seu escravo — arriscou Guízer, caminhando ao lado de Yzzo.

— Não exploro escravos. Eu pago pelo trabalho de homens livres. Se quiser ir embora pode ir. Mas, se ficar, eu tenho uma proposta para você. Aiomi vai precisar de companhia para realizar um serviço. E, depois que vi vocês juntos na arena, achei que você é um sujeito capaz de ajudá-la.

— O que temos de fazer, mestre? — perguntou Aiomi empolgada.

— Não tenho interesse no seu serviço — disse Guízer. — Quero minha liberdade e encontrar minha irmã.

— Ela está na Cidade dos Sonhos? — quis saber Yzzo.

— Está.

— Eu tenho muitos olhos espalhados pela capital. Se quiser meu auxílio, basta me acompanhar. Uma mão lava a outra.

Yzzo continuou tranquilo e com seu caminhar capenga. Aiomi foi ao seu lado e fez um gesto para que Guízer os seguisse. As ruas estavam apinhadas de gente, mas ninguém se aproximava de Maia.

Guízer não queria ficar trocando de gaiola de tempos em tempos. No entanto, mesmo desconfiado, achou que o mestre dos sonhos era a sua melhor opção naquele momento. Ao menos já começava a confiar em Aiomi e pela irmã arriscaria a sua liberdade. Decidiu acompanhar o estranho sujeito sem saber qual o preço que teria de pagar.

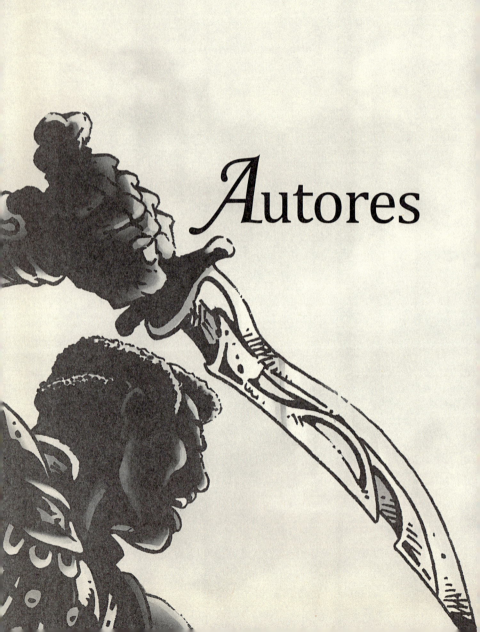

# Autores

## Alec Silva
**Alec Silva** é um escritor baiano apaixonado por mitologias e histórias *pulp*, leitor voraz de clássicos da literatura fantástica e livros sobre dinossauros e civilizações antigas. Atualmente divide-se entre escrever contos em mundos fantasiosos, cuidar de uma biblioteca de histórias infantis e, quando sobra tempo, desbravar os horrores da existência.

## Lucas Viapiana Baptista
**Lucas Viapiana Baptista** é escritor. Costuma escrever principalmente os gêneros que abrangem o terror e a fantasia. Mora em Porto Alegre. Formou-se em Escrita Criativa e já participou de algumas antologias, tais como a *Galeria Clarke de Suspense e Mistério*, o número 6 da revista *Diário Macabro* e *Dos Mortos: Ano Um*.

## Tarcisio Lucas Hernandes Pereira
**Tarcisio Lucas Hernandes Pereira** é formado em Música pela UNICAMP, e tem se dedicado a escrita de forma independente desde o ano de 2014, quando publicou o livro-RPG *Fortaleza de Berdolock Old School* pela Riachuelo Games. Tem produzido contos, crônicas e material para *role playing games* desde então.
- tarcisiolucashp@hotmail.com
- Tarcisio Lucas Hernandes Pereira

## Jonatas Tosta Barbosa
**Jonatas Tosta Barbosa** é carioca. O escritor produziu uma série de artigos e contos publicados pelos sites *Nerdgeek Feelings*, *Papel Papel* e *Poligrafia*. Participou da antologia *Espada e Feitiçaria II* (editora Buriti) e publicou o livro *Anatomia de Julho*.
- jonatastb@hotmail.com
- Jonatas Tosta
- @jonatastostab

## Fernando Fiorin
**Fernando Fiorin** é professor de ciências e nerd convicto, jogador de RPG das antigas e escritor acidental de alinhamento caótico e bom. Seus gêneros literários favoritos são Fantasia e Ficção Científica, mas gosta também dos clássicos que quase ninguém lê hoje em dia. Ele vive em Londrina com os seus dois cães e o seu gato.
- fernandogianettifiorin@gmail.com
- @ffiorin

## Marina Mainardi

**Marina Mainardi** nasceu em Porto Alegre em 1993. É formada em Ciências Biológicas pela UFRGS (mas não adianta perguntar "Que planta é essa?"). Costuma escrever contos de fantasia, realismo mágico, mistério e horror, sem perder a oportunidade de um humor ácido. Tem interesse por todas as formas de se contar uma história - de livros, séries e filmes, até músicas, jogos e mitologias.

- maridmainardi.wixsite.com/escrita
- mari.dmainardi@gmail.com
- @mari.dmainardi

## Rodrigo B. Scop

Natural de Porto Alegre/RS e formado em Direito pela UFRGS, **Rodrigo B. Scop** optou por deixar de lado o mundo jurídico e fazer o que mais gosta: escrever. Em especial fantasia medieval. Participou de antologias de contos como *Banquete*, da Editora Metamorfose, e *Ferro & Fogo*, da Lura Editorial. Em 2019, pela Editora Metamorfose, publicou a aventura de fantasia *Grivus de Angallad e a Flâmula da Moeda de Ferro*, situado em um mundo fantástico próprio, para o qual o autor ainda pretende novas publicações.

- www.rodrigobscop.com
- rbscop@gmail.com
- @rodrigobscop_escritor
- /rodrigobscop.escritor

## Roberto Fideli

Nascido em São Paulo, em 27 de abril de 1992, **Roberto Fideli** é escritor, jornalista e mestre em comunicação pela Cásper Líbero. Filho de pais escritores, cresceu cercado de livros de fantasia e ficção científica, até que decidiu escrever por conta própria. É um amante de gatos, torcedor do Palmeiras e acredita em todos os deuses.

- rffideli@gmail.com
- instagram.com/robfideli
- twitter.com/robfideli

## João Ricardo Bittencourt

**João Ricardo Bittencourt** é doutor em Comunicação, mestre em Ciência da Computação, professor e coordenador no curso de Jogos Digitais/UNISINOS e pesquisador nos programas de pós-graduação em Educação e Gestão Educacional na mesma universidade. Desde os seus oito anos de idade já era apaixonado pela criação de mundos imaginários. Na década de 90 começou a mestrar jogos de RPG e atuar na área de *games studies*. Foi aluno das Oficinas Literárias do escritor Charles Kiefer. É um entusiasta da literatura *pulp*, leitor de fantasia, horror e ficção científica.

✉ jrbitt@gmail.com
f /jrbitt

## Duda Falcão (organizador)

**Duda Falcão** é escritor, professor de escrita criativa e editor. Escreveu diversos livros, entre os quais podemos destacar: *Mausoléu*, *Treze*, *Comboio de Espectros* e *O Estranho Oeste de Kane Blackmoon*. Foi editor da Argonautas Editora e curador de diversas edições do evento *Tu, Frankenstein*, na Feira do Livro de Porto Alegre. Atualmente organiza para a AVEC Editora a coleção: *Multiverso Pulp*. Também é um dos idealizadores e organizadores da *Odisseia de Literatura Fantástica*. Leciona atualmente no *Curso Metamorfose de Escrita Criativa* e publica pela editora a coleção *Planeta Fantástico* que está em seu primeiro número. Duda realiza palestras, oficinas de escrita criativa, curadoria de eventos literários, edição e leitura crítica especializada em textos de horror, fantasia, ficção científica e seus subgêneros.

🖥 dudaescritor.wordpress.com
✉ dudawfalcao@gmail.com
📷 @covildoescritor
f /duda.falcao.79

## Fred Macêdo (Ilustrador)

Nascido em 30 de junho de 1972, em Fortaleza, Ceará, começa a trabalhar profissionalmente como ilustrador e quadrinista depois de atuar 20 anos no mercado securitário. Seus primeiros trabalhos são resultados de sua parceria com o conceituado artista, roteirista e tradutor Wilson Vieira, que trabalhou muitos anos no concorrido e prestigiado mercado italiano através do estúdio Staff di IF ("Immagini e Fumetti"). A dupla publica suas histórias na Itália, Argentina, Portugal e Brasil. Macêdo ilustrou para o mercado italiano no Guida Bonelli: Tutte Le Edizione Straniere, uma compilação de títulos sobre todas as edições do personagem Tex Willer, desenhou várias capas para as editoras Argonautas e Avec, com a temática *Pulp*, fez também a HQ: The Seventh Son of The Seventh Son, pela NFL Comics Editora (São Paulo), uma adaptação do álbum de 1988 do grupo de rock Iron Maiden. **Fred Macêdo** também desenvolve atividades no magistério como professor de desenho, ilustração, quadrinhos, figura humana e modelagem pelo Instituto Federal de Educação, Ciência e Tecnologia do Ceará (IFCE).

## Robson Albuquerque (Colorista)

**Robson Albuquerque** nasceu em Fortaleza, Ceará, tem 29 anos e desde pequeno sempre demonstrou afinidade com a área de desenho e artes gráficas. Incentivado pela mãe participou de cursos de desenho e pintura, mas foi somente quando prestou vestibular para Artes Visuais no IFCE, que essa paixão se estabeleceu como um foco profissional. Seus primeiros trabalhos como ilustrador e colorista datam de 2009 quando ingressou no curso de "Roteiro para Histórias em Quadrinho" do Estúdio de Quadrinhos e Artes Gráficas Daniel Brandão e foi convidado para fazer parte do grupo de artistas do Estúdio. Como colorista digital, Robson já participou de diversos projetos com grandes nomes da ilustração nacional como Daniel Brandão, Fred Macêdo e Júlia Pinto em capas de livros e revistas, histórias em quadrinhos, ilustrações editoriais e diversas outras mídias. Atualmente, além de colorista freelancer, Robson trabalha como Diretor de Arte em uma empresa de Marketing Digital produzindo ilustrações e *letterings* sob encomenda.